推薦人

王健壯（作家．世新大學客座教授）
余英時（中研院院士．克魯格獎得主）
林培瑞（美國漢學家．加州大學講座教授）
季　季（作家．資深媒體人）
張廣達（中研院院士．政治大學歷史系講座教授）
顏擇雅（專欄作家．知名出版人）

——依姓氏筆劃序排列

蘇曉康作品集 ❷

寂寞的德拉瓦灣

蘇曉康

獻給我悲苦一生的母親

目次

第三章　天地閉

第一章　世紀初

今年熬出兒子蘇單上大學，我們也許可能挪動一下，換一個環境。
我們剛剛送走二十世紀，那個血淋淋的該死的世紀，難道還沒點盼頭？

一個亞裔男子的體檢報告

這封信是參考了你新近的體檢。檢查時你回憶胃幽門曾有疼痛；你提到長時間抽菸的問題；一九九三年發生車禍並昏迷數天，但現已恢復。你還提到憂鬱症。

病史：1、使用抗生素治療胃潰瘍；2、尼古丁上癮；3、嚴重的頭部受傷，一九九三年；4、憂鬱症。

藥品：無。

敏感症：否認。

物理測驗：發育良好的亞洲男性，表達流利，敏感，無困苦。

血壓：110／70。脈搏：70，常規。

……

印象：

1、胃潰瘍病史。無復發徵兆。

2、每天服用Prozac二十毫克，對付憂鬱症。三週後回來看我。它有助於顯著改善你的精力，心情和觀感。這是一種安全、無副作用的藥物，我發現它特別有助於頭部受過重傷的人。

3、你健康的大問題是有尼古丁依賴，必須戒掉。

……

二〇〇〇年初秋，我的家庭醫生給我這份體檢報告。體檢前我憂心忡忡數日，八年沒有體檢了，又是極為沉重、消耗的八年，而人過五十歲後通常也難逃幾種疾病，如前列腺炎、腸道腫瘤等，我還抽菸，如此種種累計起來，我這副身板兒，恐怕是千瘡百孔了。前一晚燥熱不眠，後昏昏睡去，凌晨外面一場暴雨驟急，清晨七點還沒醒，是傅莉叫醒我。到診所，默里醫生一一例行檢查下來，再看化驗單，未見異常，他似乎也驚訝我沒有什麼大問題。真是萬幸。

默里醫生是個持重的老頭，很嚴厲地逼我戒菸，「它會要你的命！」對於三酸甘油脂偏高，他說中國人靠吃紅米改善膽固醇，「你不妨試試」，我倒沒聽說過；至於我的憂鬱症，他推薦了一種藥讓我試，也說了對睡眠可能有影響。

我服用了兩天，似乎心情好一些，但第三晚做了惡夢。這夢又很奇怪，我陷在一個巨大的西藏廟宇裡，廟宇外面好像是漢人的世界，並派人潛入廟裡追捕我，廟宇內部混雜著不同的教派，互相猜忌、爭奪，又被外面的漢人世界所離間，也參與追捕我，所以我一夜都在逃亡，數次陷入絕境，到清晨還在恐懼中。

對傅莉說了這個夢，她說，看來這藥把你領回到過去了，這是好事兒你知道嗎？這些年你就是一種被人打劫了的感覺，讓這感覺發出來是好事。這一會兒她腦子怎會這麼清楚？我驚訝她用「打劫」一詞來概括我們這場劫難；幾乎找不到第二個可以替代的詞。其實「西藏廟宇」只是一個虛擬的環境，陌生、神祕、幽阻的心理布景；夢裡所浮現的情節，自然可以有種種「解夢」的讀法，比如它是對我「八九」後逃亡經歷的最淺顯的一種「寓言」式綜合，大概也是我的心理焦慮的某種源頭之一；傅莉解讀的「後車禍」心理失衡，應該說是後來疊加上去的一層新的焦慮和恐懼，其內容則是另外一種了，比如中國大陸的公安可能已經「變異」成附著在傅莉身上的病魔，但追捕的形式依舊。

幾日後又有惡夢，而且更加血腥：我路經一個屠殺後的原野，屍骨蔽野，殘肢累累……；難道不是藥物作用，而是冥冥中要給我什麼暗示？接下來，我開始近乎失眠，但還是有夢，卻一點記憶未能留下。我害怕起來，於是停了那藥。

我的直覺，這夢不是「回憶」，而是映照「當下」，或向我預示一個未來。夢中的語言，都是隱喻性的，不同種族、教派或許暗示不同的時空，「追捕」與「逃遁」

也是焦慮的交替形態，勢如望眼欲穿的目標，以及功敗垂成的沮喪。「過去」對我還有什麼意義？我只被「當下」攫住。

前不久，我要求傅莉的復健醫生開處方給她再做一次腦部的核磁共振攝像（MRI），保險公司也批准了。我去收拾那張輪椅，它在陽台上已經被遺棄了四個春秋，滿身塵埃，天下沒有哪種東西像輪椅一樣遭人嫌棄，它的主人絕對無力照料它，而主人的親人們絕對嫌棄它，視它爲最大的不祥物。我擦洗著它，才發現它製作得如此精良堅固，製造商彷彿知道它的這種命運，要讓它遭人嫌棄仍不懼風吹雨打。五年的心情彷彿有了一個映照物、一個沉默的尺度、一個無言的伴侶。

載傅莉去紐約市做腦片又是整整一天，暮色裡才趕回來，累得頭都是疼的。在高速公路的夜幕裡開車，目力和精力都已不支，只覺得四周景象都是模糊、懸浮、不眞的。我想我的體力是不能應付這樣的高速駕車了，純粹在冒險。也許這在夢裡就是一個血腥的原野？

這張腦片對傅莉的復健醫生是沒有意義的。顱內的傷情永恆不變，他開處方只是爲了安慰我。我卻依然不甘，把腦片轉給在法拉盛行醫的一位大陸來的著名骨科醫生（七〇年代他曾做過一例很著名的斷臂再植）。一晚他來電話，說傅莉受撞擊很嚴重，有兩處骨折，一處在顱骨底部，一處在面頰鼻子附近；至於出血點，他可以看到三處；他認爲腦萎縮並不明顯，運動機能的障礙，還是腦出血的緣故。最後他說：顱底骨折的人，一般很難活下來。奇蹟有各種各樣，無疑這也是一種。

我還能做些什麼？我有一年陷在近乎絕望的境地裡，這境地使得我既無法書寫，也失去給她繼續復健的信心，除了對未來的恐懼、麻木，什麼也不再去想。每天早晨，我們機械地去一個商場，離住宅區咫尺之近，那裡早晨很安靜，傅莉沿著地面一溜兒灰色方磚朝前走去，那是一個直線的路標，否則她只會緊靠右側溜邊走，彷彿左側是懸崖；因爲她右腦受傷，左側對她而言是不存在的，醫生要她左手拄杖，大概是重新把「左側」探索出來。她很自覺地走著，旁若無人，早晨商店都還沒開張，只有飲食區域的飯館男女侍者們，忙碌中偶爾瞥來幾眼。

我命定要陪她去穿越一個臨床意義上的「高原」（plateau）。她很自覺地跋涉著，不哭也不怨尤，艱難地攀登那鎖進雲霧的頂端，就像七〇年代末我們一起登泰山，而今只是少了她頭顱後面甩蕩的一根馬尾辮。我只有一年一年計算的膽子，不知還要熬幾年？今年熬出兒子蘇單上大學，我們也許可能挪動一下，換一個環境。我們剛剛送走二十世紀，那個血淋淋的該死的世紀，難道還沒點盼頭？

池裡春秋

午睡起來，忽見窗外小潭中，悠然浮滿了大雁，那種黑冠、黑頸、灰色軀體的，一隻隻肥碩、傲慢，在墨綠的水中閒適滑盪著，也夾雜著「呃呃」叫聲；東邊岸坡上，還趴滿了慵懶的另一群。中國只有鵲鳥報喜，我眞希望到西方變成雁了，牠們是南飛在此歇腳吧？半個小時後，忽地一聲喧囂，雁們紛紛從潭中騰空而去，這個角落遂歸於往日的寂靜。

我要帶傅莉去另一個水面，她將是那裡的一隻雁。她原是岸上一隻驕傲的雁，可憐被人折斷了她那修長的脖頸，如今即使到了水裡，也挺拔不起來。水是有魔力的——「水的浮力支撐體重，影響到關節和動作的延伸範圍，這項鍛鍊幫助建立肌肉力度和改善肌肉張力。」普林斯頓基督教女青年會（YWCA）給我的一個稱爲「關節和復健的游泳治療」項目如是說。

還有一個稱爲「姿勢和平衡」的項目，說平衡是你完成一個好動作，包括靈活、耐力、速度和力度的前提，這項鍛鍊著眼於矯正軀體，達成好的平衡、協調和靈活，適合於功能不全者，或者他們有關節疾病、姿勢問題、僵化、背部問題以及肌肉反射過敏（鎖死）等。美國老年性神經疾病，如帕金森氏症很普遍，這裡便是一種社會公共救助。傅莉的腦神經科醫生建議我們去參加，他也給開了處方。

池子裡大抵兩類人：老年人和兒童。媽媽們領著三四歲的孩子戲水，道理是什麼不知道，我想胎兒在子宮裡就是一個游泳池，也許幼年就讓他們盡早重回游泳池，對日後的動作協調至關重要吧？老人們思維遲鈍了，部件都鏽蝕了，也是重回游泳池，可能喚起某種原始記憶，有益於修復協調配合。至於殘廢人，必須刺激腦細胞，重回游泳池也是最好的途徑。

一個叫凱茜的訓練師，來迎傅莉，領她到池子那一頭，用池邊的一個升降椅，慢慢將她放進水中，她自己迅速滑入池中去接應。池子其實只有一米深，水沒過胸。凱茜教傅莉在水裡蹲下站起、左踢右踢、前抬後抬，再牽引她橫穿池子，正走、側走、倒走。

凱茜領她到深水區，讓她平躺浮在水面，她忽然自己要游一下，撲通就沉了；又讓她架在一個浮物再試，還是游不成，只有兩腿蹬水的動作，還是很標準的游泳動作——傅莉從小就愛游泳。她在水裡的笨拙和疲勞，讓我在岸上看得發笑。但是反過來，全池子的人，都看著岸上那個亞洲男人，身上裹得嚴嚴實實，在池邊跑來跑去，卻從來沒有下過水！然而他們不知道，我心裡有多尷尬：我不是陪太太來游泳，而是來治療的，難道也要脫得只剩一條游泳褲陪到水裡去；儘管我也是會游泳的！可是池子裡的眼光，讓我從春到秋如芒在背，美國人覺得這個亞裔男人不可思議。

「你不想下來？」站在水裡的訓練師凱茜，只禮貌性地問過一次，見我窘迫地搖搖頭，嘴邊掠過一絲微笑。她戴著泳帽，看上去已是中年。每次一個小時訓練完了，她都要送傅莉進了女更衣室，才去做她的下一個項目。我則等在外面，待傅莉穿好了衣服，自己手滑輪椅駛出來。有一次傅莉訓練完、凱茜也下班了，從女更衣室出來，甩一下濕漉漉的金髮，哇，竟是一個健美女郎，不到四十歲的樣子。後來熟了才知道，她是一個很傳統的基督徒家庭的妻子，養育著一兒一女。

清晨，在廚房裡點火燒水，準備沖咖啡、茶葉，還不到早春，窗外亮得很，潭裡的晨曦，被野鴨子靜靜地划碎，忽聽滿空啾鳴，似一陣大雨落入潭中，原來又來了一大群，紛紛跳進水裡，嚷著「痛快」。冬天就這麼過去了嗎？不曾有過一場雪，好像聖誕前某天，飄過五分鐘的碎雪花，連那小潭都沒變白過，一直是墨綠的。淒厲冰凌的寒冬似乎不再，像我們的境遇，越來越溫和了。

但冬天裡還是滿冷的，每次去游泳池，傅莉都是先換好泳衣，我再給她裹上羽絨服。今天一進去，她如往常一樣，脫了羽絨衣坐在輪椅上，等我推她到游泳池那一頭下水。我忽發奇想，說妳走過去。她站起來，光著腳，在瓷磚地上一步步走起來，我推著輪椅跟在她身後。很快，一個管理人員跑過來說：讓她走，我來看著她；接著，先是岸上正在休息的幾位老太太，都轉過臉來看她，不由得嘴裡說著：Good，very good；後來全場都在注目她，人們臉上都帶著驚喜、鼓勵的表情，傅莉如入無人之境的一口氣走到盡頭，整個游泳池是沉默的，但那沉默好像就是一種滿堂喝采。等我看到凱茜時，第一眼她就是滿臉喜悅：你瞧，她走路了！

冉亮的告別

一天余英時教授來電話，說冉亮（註）在找我。我趕緊打電話過去，我說聽說妳的病好了，「哪裡？乳腺癌好了，現在又發現卵巢癌……。」她的語氣倒是很平靜：「我在安排後事，還有孩子嘛。」

她問我：「你難道不覺得傅莉活下來是一個神蹟？假如她當初就走了呢？」她說多少人都想做傅莉做過的那個夢，那就是上帝要留下她的證明，「你們爲什麼還不感恩？」——她說的是《離魂歷劫自序》第三章〈靈媒〉第四節「海與船」裡，我寫九四年春傅莉夢境裡那「苦海、方舟、天上來的聲音」等等。

她是有資格責備我們的，以致我們反而不敢問一個問題：以殘疾活下來究竟比死好了多少？至少這種生死的巨大緊張是不能去問一個面臨死神的人的。她此刻是唯有依靠信仰才能支撐得了。她比我們不知道強大多少倍。

生與死這個臨界點是由上帝決定的，可是我們即使留在這邊，依然需要完成那件本該是上帝分內的事情：修復人不是醫學做得了的。我在她的責問下誠惶誠恐，雖然我們當然是感恩的，但我還是對她說了傅莉以殘疾活下來的痛苦，整個內臟下墜，外人無法想像，我也告訴她我心情恢復不過來。她說那是很自然的，否則就不是苦難了，「但你不要奢望一個原湯原味的傅莉回來才覺得幸運。」她這樣來勸我，應該是

註：冉亮，一九五二年出生。中國時報駐美國華盛頓記者。一九九四年罹癌，癒後將過程寫成《風聞有你，親眼見你：一個新聞記者與乳癌的故事》。一九九九年癌症復發，二〇〇一年辭世。遺作《愛是永不止息》。

天已不是湛藍的。（初到紐約）

人世之外的事了，我該怎麼辦？活下來的幸運，只有面對著她的時候才是能證明的，她若不出現，我們依然覺得痛苦綿綿、心力交瘁，也許生命的意義就在於此，我們蒙受恩典之餘只有認命，繼續去走那「天已不是湛藍」的漫長道路。

大概三週後，冉亮再來電話，說她剛做完五天放射性治療之後癌細胞又擴散了，她啜泣道：「怎麼辦啊？」我說妳眞是太難熬了（這麼清醒受這分煎熬太殘酷了）。接著她說：「我整理了一些給孩子的信，出版時你給我作序好嗎？」我當然允諾下來。

「女兒還不太懂得這其間的含義，她小了一點。」

「兒子懂了？」

「是的，他大了。」

她這樣的託付讓我感到無比沉重。我於是想起因癌症故去的傅偉勳教授（註），便去找他從前的博士生商戈令，想知道傅先生臨終前做了些什麼，也許能幫幫冉亮。據商介紹，傅先生第一次發現淋巴癌時也是恐懼的，但畢竟他研究宗教學，有現成的資源可以利用，馬上進入所謂「死亡學」的研究，在化療過程中寫出那本《死亡的尊嚴與生命的尊嚴》，無意間癌症彷彿好了。後來他又發現息肉，誤聽醫生建議做手術，術後陷入昏迷，兩週就走了；事後化驗息肉並非癌症。商戈令說，傅先生面對死亡，靠知識獲得一種對生死的「洞穿」，一門心思著述寫作，將癌症置於腦後，或許因此醫生竟認為他好了，或許因此他又多活了三四年，或許不去做息肉手術他今天還活著。因此他建議冉亮：放下死亡這個陰影，去做她這輩子最想做的事情，比如寫作，以前有所顧忌不敢寫的，如今只管寫出來，也或許因此能戰勝癌症。

然而冉亮還是走了。我寫了那篇序，以給她一兒一女寫信的形式：「米嵐、米

註：傅偉勳，一九三三年出生。旅美哲學學者，代表作《西洋哲學史》。除了專精於哲學，同時擔任美國天普大學宗教學研究所教授。一九八八年罹患淋巴腺癌，九三年出版《死亡的尊嚴與生命的尊嚴》，被譽為台灣「生死學之父」。一九九六年過世。

娜，天上飄著雪花，我趕去一家花店，要訂一盆白色的鮮花，晚上送到你們媽媽的靈前，也送去一個倖存者對一位崇高亡靈的無以言說的敬意。」冉亮生前送了一本她的書給我和傅莉，她的簽名至今鮮豔奪目；但是後來的另一本書，有許多人、也包括我作序的，扉頁卻永遠是空白的，那空白對我而言，也算一種天人永隔。我常常從這兩本書之間，再看到生與死的臨界點，終於懂了冉亮走到那一端之前對我說過的話。

同病相憐者之一：泳伴

剛下水那會兒，我太緊張，把凱茜的手攥得過緊，她讓我鬆一點，過了一會兒她就說，妳放鬆了。可能二十分鐘我就累了。沒想到在水裡這麼有效，一定是練到地方了。我從小不會唱歌跳舞，也不愛體育，就喜歡游泳，可是前半輩子游過的水加起來，也沒這一陣子多。

我一直以為這池子裡只有我一個殘廢人。今天看到，一個老太太，穿著救生衣，也坐升降椅下水。我們出門時，正碰上一個管理人員，攙扶這老太太出來，她一隻手臂上綁著拐杖，為什麼不坐輪椅？

那人把她攙扶到一輛麵包車的駕駛座上。原來她是自己開車來的！我真是看傻了，對曉康說不出一個字。過了一會兒我才對他說：看來我還是可以開車的。其實我是找了一句安慰自己的話來說，代替我說不出來的另一句。

另一句是什麼？我想了很久。老太太癱瘓到這個程度，還自己開車來做復健，西方人的自立真是驚人。換了我，絕對做不到。但是曉康說，更重要的是，他們不是做不到硬來，而是把重點放在解決那些做不到的、有危險的具體環節上，比如這個老太太，上車、下車這兩個環節，一定是安排了人接應的。還有老太太那輛車的設計，油門和車閘，都改裝成手動的，老太太偏癱了，一條腿不管用，只能全部手動控制，其實開車更費腦子。就憑這一點，曉康說我也開不了車了。

還有一個男子，五六十歲的樣子，要坐輪椅，不知道為什麼連老太太那兩個環節都無人接應他，每次都見他自己開車來，常常找不到停車位，停得很遠，自己下車坐輪椅滑到游泳池來，再鑽進更衣室換衣出來，下水復健。我今天看到一個女復健師給他掰腳，很痛苦的樣子；曉康說，聽說他是運動神經方面的萎縮。做完他還得自己去擦乾身體換衣，再去開車。

我現在這種狀態，是因為殘廢更重，還是因為不是一個西方人？其實，這就是我第一眼看到那老太太就想到的一句話，但我說不出來。也許曉康對我伺候太周密了，反而抑制了我？曉康說他們大概都沒有平衡問題，也沒有意識上的障礙，所以自理能力強得多。我不知道。但我比他們年輕得多。我不敢想像，若只剩下我一個人的話，我會不會終於也走到他們這一步，坐著輪椅自己開車來治療？

深不可測之腦

縱然水有魔力，但它跟腦的互動，仍是茫然不知。在水中，人的平衡與水的浮力，是很有趣的一種動力關係。殘廢人的大腦，來不及處理一連串沒有緩衝的連續動作；但在水裡，所有動作似乎被分解成慢動作了，有時間去一個個完成，於是腦子的處理就跟得上，或許無意間也刺激了大腦。但是你沒法證明。

有個資料說，人的每一個細胞有三十億個DNA，供應五萬個基因。在人腦中，細胞和基因製造了一千億個神經連結點（neural connections），足夠儲存五千萬卷百科全書。五萬個基因管轄一百萬神經纖維，形成一百億個視像點（dixels），一萬味蕾（taste bubs），一萬嗅覺神經末梢，因此是一個視、味、嗅覺的三度空間。傅莉車禍後視覺缺損，而味覺似乎很強烈，嗅覺則好像比較遲鈍，難道是細胞損傷破壞了三度空間，而使其中一個維度變得特別強烈起來？

一個早春的星期一，傅莉一早起來就說，覺得腦子有點奇怪的感覺。我嚇了一跳，問她是更清楚還是更糊塗？她描繪不了那種感覺。上午照例去游泳池，下池前她就說有點頭暈，接著下到池子裡她竟東倒西歪走不成。凱茜說她今天「完全失去平衡了」。回家後她感覺特別累，想睡覺，三四年來第一次睡午覺，上床就昏睡過去。

「曉康，我還要去淌水，你跟凱茜說……」她睡睡又驚醒，叫起來。

與其說我擔心傅莉的腦子發生了什麼，不如說更怕凱茜洩氣，苦心練了這幾個月，怎麼忽然變糟了？傅莉就更害怕，好像是爲了安慰凱茜也非去不可。究竟怎麼了，我們無從知道。不過，水中鍛鍊的效果似乎也遲緩起來，沒有多少更明顯的改善。在游泳池的瓷磚地面上，她走路始終不能腳後跟先著地，凡偏癱者皆如此，凱茜想糾正她，但效果不彰。

有一天在游泳池，走過來一位中年女性，用英語對我說：

「我只是想說一句謝謝，她恢復了很多。」

「是的，她是我妻子呀！」我說。

「I am appreciated。」她只是反覆這麼說。

我懂了。一時有些感動，也替傅莉欣慰，即便是遭遇不幸，也要在這樣的地方和國度，你會覺得不幸之中仍有幸。女人惜女人，可以穿透膚色、國別、相識與否。

還有一次在女更衣室外面候傅莉，見她走到門口，後面跟著一位老太太，一見我就說：

「她今天看上去很棒！」

「我知道，她說她感覺很好。」我答道。

「你知道嗎？她笑呢！」

關於「笑」，沒有比這更動人的詮釋了。老太太在哪裡看見的？池子裡還是更衣室裡？

又一個春晨，在持續兩週寒冷之後的晴天，我們從屋裡出來，在那條通向停車場的小石板路上，驀然見到蹣跚而行的傅莉霜絲蕭蕭，灰白已經爬到瀏海前。屋裡燈光暗，自然看不出來，可這兩天在屋外的天光下怎麼也沒發現？難道每天我慌到這個地步？

我滿腦子的復健，卻不見傅莉已然老了。她才四十七歲。車禍賠償官司中，人家估算她的損失，還以她能再活三十年為準呢。生命的含義實在不是錢。而生命能靠水來延長嗎？她在水裡越來越能做出不在水中做不出的動作，這意味著恢復嗎？前幾天在游泳池門口，又有一個老太太拉著我的手說：「她每一天都不一樣，我瞧著的。」這是一個雙膝蓋都換了，在水裡才能感覺身體正常的老太太。不知道那水究竟補回來一點什麼給傅莉。我往國內給她哥哥寫信：

……每次採購回家來，下了汽車，我從車子後蓋箱取出她的手推車來給她，自己則飛快跑進屋裡，把食品都塞進冰箱，等我再出去迎她，她還在那條小石板路上蹣跚呢。這自然不能算會走路，出門等於還是殘廢人。如此美國人一般就坐電動輪椅了，可是傅莉絕對不肯，你是知道的……。總的來說，漸進的恢復是有的，但沒有大的突破。

九宮太極架

憂鬱症乃是神經無法分離出一種喜樂元素。這是吳稼祥告訴我的。他說六四後他精神分裂一次，後來靠練一種太極功漸漸恢復，一起練功的還有錢鋼、戴晴等人。我在電話裡告訴他我也有憂鬱症，他說他就是想傳授這種功給我。他的意思，自然是這種太極功能生產「喜樂」；西方的憂鬱症藥，是不是也是這種功能？

當時吳稼祥在哈佛做訪問學者，不久他攜妻來普林斯頓，一見我就說：「人家都說我長得很像你。」他小個子、風趣睿智，安徽銅陵一個漁民的兒子，以全省高考第一名進北大經濟系。臨畢業前因《人民日報》發表他的一篇文章備受好評，馬上被李洪林要去中宣部理論局；後來又被胡耀邦要到書記處辦公室當筆桿子，專門跟鄧力群對著幹。八九天安門期間，他正在中央辦公廳溫家寶麾下，這個前途無量的才子，偏偏生性剛烈，爲抗議屠殺而退黨，旋即因呼籲「打倒鄧楊反黨集團」，遭逮捕關進秦城兩年，一度精神分裂、自殺，歷盡艱難。他能活下來已是奇蹟。

他這次來，卻是一心想教我們太極功，稱「九宮太極架」，說這功治好了他的精神分裂，對大腦損傷很有療效，基本要領三條：

第一，靜極生動，動極生靜；

第二，自然、無爲、返本；

第三，「三守三不守」：守心不守意；守氣不守動；守無不守有。

他說練功宜在子後午前（中午或午夜十一點至一點）。我自是跟著他練了幾回，但畢竟時辰不宜，日後還須自己磨練。吳稼祥後來回國去了，臨走前跟我說他適應不了「流亡生活」。我則猜想，他死而復生，或許藉由這太極功，練得某種道家眞傳，可以將塵世看破，來去翩然無礙了。

氣功於我，似乎這場劫難裡的一個選項，時不時讓我遭遇它；或者，傅莉治療上的一西（醫）一東（方），也是命定的。稼祥走後的一晚，我照他的指點練了一下，眞是妙不可言，效果暫且不去管它，只覺得好像是什麼高人派他來指點我們的，特別在我們又陷入無計可施的此刻。深夜十一點，我等傅莉睡了，站到客廳中央，放鬆、沉潛、入定，很快，我右腰尾骨處發出痠痛感，那是車禍受傷的一個部位，稼祥說過這叫「失動」，任由它發作；忽然感覺有一股力量推動右腿甩動起來，甩得盆骨處嘎嘎作響，隨後又有全身顫悸似的抖動，抖得嗓子眼兒要吼叫，這稱「病動」，大概半小時；其間也明顯有柔和的太極動作，好像手抱一個火球來回運動。然後就累了，很餓，當晚睡眠不太好，早晨醒來似意猶未盡，但渾身非常舒服。

第二天上午十點左右，我拉起窗簾，讓傅莉站在客廳中央，閉目、垂臂，不到五分鐘她的身體自然而然向左傾斜，身體重心完全放在左側——她車禍以來八年從來沒有做到過，因爲她是左側偏癱，物理治療師也說，她走不了路就是因爲身體重心不肯往左移。可是她在太極功狀態下很輕易就可以做到了。她大約站立十分鐘就累了。一回到清醒狀態，她重心又不肯左移了。

第三天晚上，我再練功，兩次進入不了氣態而作罷。第四天晚上練時，開始也進不了，後來氣上來直灌顱頂，頭上如同戴了一頂帽子，須臾又開始渾身顫抖連帶呻吟，但時間不長。

我的憂鬱史

皖南才子吳稼祥的出現，令我琢磨起憂鬱症來。這樣說恐怕有點開玩笑：自己想到憂鬱症的人怎麼還憂鬱呢？可是我就這麼一直在似憂鬱非憂鬱的邊緣掙扎。照心理學的說法，任何人都有憂鬱症，輕重不同而已。世界衛生組織也說，憂鬱症是二十一世紀主流疾病，因爲經濟不景氣，社會的競爭和壓力持續加大，人們所能依賴的資源反而在萎縮，所以無力感蔓延，個體的承受力很脆弱，苦悶、煩躁難以排遣，末了就自殺。

我的經驗不是壓力，而是恐懼。假如往前搜尋源頭，我有過兩次明顯的憂鬱時期。待我慢慢道來。
一九八九年八月三十一日，午夜。
香港水域。龍鼓灘。
「跳下去！」
「……？」
「只能送到這裡。你們往前走，走過去就是岸。跳！」
我們三人驚恐地跳下快艇。水沒膝蓋，是淺水區了。
那快艇在身後吼叫著，急打個彎「嗖」地開走了。
……寂靜、海水的反光、四周黑黢黢的礁石。
我們涉水幾十步就登岸。沙灘空無一人，那個瘆人啊。
那夜好像沒有月光。
突然，前方一束強光射來。
我們在驚悸中，聽得那邊高聲在喊：
「慢慢往這邊走過來！」
此時方可定睛看到，前方沙灘上一輛小轎車停著，前燈大亮，直射過來。

走近，見後面兩側車門開著，我們三人魚貫入座。

那車徐徐開動。大家默然無聲。

無聲地任沙灘、灰暗的海天，漸漸後退。

也是無聲地，車子駛出暗夜，駛出沉睡的郊野；

又駛進街燈迷濛的城廓，駛進未眠的不夜城；

駛進星閃的霓虹燈光暈中，駛進酣睡的氣息中；

我身上的細胞觸覺，也在這無聲行駛中漸漸甦醒過來；

而大腦依舊是麻木的，只感覺前座有兩個人影……。

車子在一棟樓前停下。我們下車被領進去。

一間房裡，屋頂很低，一個瘦瘦的穿黑衫的漢子等在那裡。——他就是江湖上稱「六哥」的陳達鉦。

很多年後他告訴我：「我救出你的時候，你都快瘋了。」

兩個禮拜後我抵達巴黎，住進近郊小鎮Massy的一家難民中心叫CIMADE。當夜，白日逃亡後麻木的知覺，竟復甦在第一次淋浴時，熱水從赤裸的肉體上沖刷出某種終身難忘的味蕾，可以在日後的每一次熱水浴中被重新提取出來。那其實是一個憂

上：初進巴黎難民營。
右：人只活在本能中，第一個憂鬱期的誕生。
（難民營生活）

鬱的誕生。人在走出恐懼之後，卻踏進所有興趣都蒸發掉了的一個軟綿綿的沼澤地，自己揪著自己的頭髮，像幽靈一樣活在世上，人性只剩下本能。

我有過兩次臨近崩潰、瓦解的經驗，或者說一種昏厥，都把它們初始的復原滋味鮮活地留給了我，也許我從來沒有從那種昏厥中走出來過。我可以感知的是，從臨近狀態中返回的過程，就是一個憂鬱期。兩次昏厥的時間長短不一。頭一次是從到達龍鼓灘的那個午夜開始，經過半麻痺的巴黎歲月，憂喜參半的普林斯頓初期，大概止於傅莉攜蘇單來聚的九一年仲夏。第二次便是九三年秋的車禍，恐怕至今也未終止呢。

兩次的肇始也迥然相異。第一次是一百天藏匿、潛行、亡命之後的一種休克，神經在過度恐懼之中繃斷了，轉到安全之境後，漸漸可以復甦過來，雖然獲救之初人還是麻木的，只活在本能中而已。後來那一次，即一九九三年七月十九日於美加邊界九十號公路上發生車禍後，我的復原，始於七天七夜的昏迷，然後醒在一種空白當中。

這一次的「昏厥」，又因頭顱遭重創而失憶，從空洞中的復甦，不同於第一次從休克中復甦，人在意識、心理、精神諸方面都極為虛弱、單薄，缺乏後援。更有甚者，清醒之後就面對巨痛，越清醒便越敏感地體認這種痛苦的細微、深度，以及看不到底的無望；毋寧是走進更深的憂鬱泥潭。

悔恨是一種病

蘇曉康曾努力嘗試皈依基督信仰，卻終於放棄，他的故事跟他的同伴們在現代中國的遭遇很相似。他是《河殤》的總撰稿人，電視片大部分出自於他；同樣的，他的個人經歷富於衝突。我到他在普林斯頓的家中採訪他。他坐在電腦前面。我們談話的時候，他的妻子傅莉，六年前重創於一場車禍，曾拄著拐杖，艱難地從臥室去廚房。

中國的著名作家蘇曉康，感覺他什麼也不想寫了。他曾對一位日本記者說，原來的蘇曉康已經死了，剩下的這一個只是倖存而已。「流亡知識分子都掙扎於基督信仰。」他說：「車禍後我非常哀傷。我覺得這是懲罰我……。」

上述文字，摘自英文〈起於天安門廣場的朝聖之旅〉（The Pilgrimage from Tiananmen Square），一九九九年四月十一日《紐約時報》週末版雜誌，作者白汝莫（Ian Buruma），荷蘭人。我還記得，前一個冬天由普林斯頓東亞系林培瑞教授領他來我家，問我爲什麼《河殤》的作者在流亡後，有的成爲基督徒，有的則沒有？他說對此很感興趣，這當然是一個只有西方人才會產生的問題，但我卻很難跟他解釋得清楚。後來又派了一位攝影師來拍照。

那篇報導大半篇幅是寫遠志明、謝選駿二人如何皈依了基督，關於我的文字不多，放在後面，幾筆勾勒了我的消沉。配文的那張照片，也是愁緒萬端的一副模樣，我托腮的側影，背景裡的那個小潭，恰逢冬季乾枯得只剩底水，淒涼頗吻合文字裡我的訴說。白汝莫直書我車禍後深陷哀傷，也跟隨傳道人讀過《聖經》，卻始終皈依不了基督。他引述我所說：「自從文革後我們從毛澤東崇拜中掙脫出來，我感覺整個信仰的根基被斬斷了。這讓我再也不可能崇拜任何宗教，或者任何意識形態。」他也寫到我對文革和六四皆感負罪。這些至少是他採訪我的印象，不知道是否準確？

依照《聖經》，承認自己有罪其實便邁出了皈依基督的第一步，而大部分中國人絕對否認自己有罪；但是我的內疚、悔恨，無法輕易就靠信主而獲得赦免，不像那些「屬了靈」而瞬間獲救的幸運者們，所以我是「此恨綿綿無盡期」。不過，我不知道白汝莫發現沒有，他對我的採訪，其實已經從信仰話題，轉變成一個心理學的話題。

——到底《紐約時報》影響大，那長篇報導刊登後，不少朋友的問候紛然而至：

「把你寫得慘兮兮！」

世上哪有後悔藥？

「傅莉堅強，曉康太軟弱。」

「你應該去看心理醫生！」

「告訴我，我能怎麼幫你？」

「吃藥吧，美國的憂鬱症藥很管用的。」

……

我對許多關懷我的朋友說，這條路只有我自己去走，黑燈瞎火也好，萬丈深淵也好，我唯有孤零零走下去。好在是陪著傅莉一道走，她的命魂是一點燭光，只能照亮前面幾寸遠，這也夠了。

話分兩頭說。我對白汝莫提到讀《聖經》，乃是在普林斯頓大學向學生傳福音的一位叫保羅的傳道人，每週一次來陪我讀《約翰福音》。他是由賓州「基督使者協會」介紹給我們的，車禍後我們曾去過那裡的福音營兩次。保羅很誠實，我數月讀經下來仍無從產生信仰，他對此視爲平常，一點都不逼我，只是默默來讀。談起通靈和神蹟，他說他從來沒見過，但他從心裡信，很踏實。他的誠懇令我有些觸動。

車禍後，我極渴望神祕的外在力量。我是多麼希望傅莉能信主，把自己託付出去，託付給那唯一能接受她的主，或許心裡就不再存留那麼多的恨。恨是只有到上

像幽靈一樣活在世上。

帝那裡才能倒掉的東西。與恨共舞的，還有恐懼和懷疑，對外界的拒絕、排斥。一切都在被重估，從懷疑和自我保護去掂量，於是外界都成陌生、不測，這種境地也是只有找上帝才有救的。我深陷悔恨，因爲吞嚥不下厄運、不幸、倒楣，以致墜入哀傷深淵，無力自拔，寧願呆在陰影裡咀嚼這哀傷。這大概就是我被憂鬱症攫住的原因。

其實外面都是陽光，我們卻有被灼燙的恐懼。溝通的困難無形地累積著。困難並不是語言，而是沒有信任，也懶得解釋。我們在關門，外界的朋友們似乎也無奈地放棄著，沒人對我們有一絲的勉強，大家都覺得不能再做什麼，只好聽任自然。這裡的煎熬對我而言還有兩樣：靈感的枯竭和寬恕的掙扎，兩樣都只能來自博大平靜的心靈。我自流亡以來，就陷入「文字休克」狀態，無法寫任何流暢的東西。文字若是一種「生命」的話，由於失去一種向內領悟的能力，我大概就把它丟掉了。父親說的「滅頂」，更在此情。

中國早有一句俗語：世上哪有後悔藥？

第二章　孤舟

最終我還是買了一座「孤島」。這一步又意味著走進隔絕、走進陌生、走進新的孤獨，我們在完全無望返回人生的掙扎中早已下陷到一個新的孤絕層次。

《劫難回憶錄》

我讀了英語世界大部分最近暢銷的回憶錄，你的回憶錄是不同尋常的。比如有一種所謂「錯失回憶錄」如《飲》（關於酗酒）、《吻》（關於亂倫）；也有所謂「病痛回憶錄」如《潛水鐘與蝴蝶》（關於全身癱瘓患者）、《輓歌：給艾瑞絲》（關於丈夫照顧老年痴呆症妻子）；也有一本關於中國孩子成長的暢銷書《落葉歸根》。有知識分子深度的回憶錄，我讀到的只有一本《檔案》（關於柏林牆倒塌）。然而我仍然為你這一本叫絕。我若用幾句話描述你的書，那麼它就是《輓歌：給艾瑞絲》跟《潛水鐘與蝴蝶》相遇在天安門屠殺的背景下，然後加上一個大團圓的結尾。如果還要讓我來形容的話，這本書貫穿了浪漫、動人、沉思等等魅力，一句話：不可思議！而且至今還沒有出現一本世界級的天安門回憶錄。

顏秀娟（筆名顏擇雅）到底是柏克萊比較文學出身，對英文圖書市場瞭如指掌。她指出的書單裡，我只知道那本《輓歌》。時下風行的英文回憶錄，大多與私人病痛、災難有關。一九九九年夏天，這位「時報出版公司」版權部主任來郵件稱，美國藍燈書屋集團的克諾普（Knopf）出版社願出兩萬美元買《離魂歷劫自序》的英文版權。她說，美國出版公司從來不會買一本他們還讀不了的書，但她在國際書展上，只跟藍燈書屋副總裁珍威（Carol Brown Janeway）講了我們的故事，對方就打算買了。英譯本、美國大出版公司，對我彷彿是天邊的晚霞，絢爛而不眞實。負責主編該書的時報出版公司副總編輯季季也告訴我，她力薦出版《離魂歷劫自序》，就是因爲它是華文文學中罕見探討人類「深層意識」的紀實作品。而我自己，卻都不知道自己寫了一本什麼樣的書。

不久譯者朱虹從波士頓大學（她在那裡教授中國文學）來電話，文雅、純熟的北京口音，約我見面談談。我們在紐約市碰面時她已譯出一百頁。照她的估計，這本書不是商業性的，不會暢銷，因爲美國讀者欣賞水準不高；但這本書的內容涉及很多普世性（universal）的東西，讀者面可能寬一點，也許知識者會感興趣，不過要看出版社肯花多大力氣做廣告。她舉《輓歌：給艾瑞絲》爲例，作者John Bayley是第一流學者，艾瑞絲是大作家，皆英語世界名人，此書也是大做廣告才成爲暢銷書。

我們核對了好幾種時間順序——傅莉「恢復」的時間表：昏迷一個多月、何時算醒過來有意識、何時說話清楚起來、何時能走路等等；住院出院、氣功班、上教堂等。這本書的線索很模糊，常常讀得人摸不著頭腦，再加上英文世界陌生的中文名字，可能成為美國讀者的一個障礙，結構肯定要調整。另外，我用的一些概念如「貴人」、「靈媒」等詞，她要千方百計去找英文文學中的相應意思。她頗懂西方的宗教文化，說我寫的關於基督教的那些內容，「並沒有讓人一讀之下就有新意」，也指出「方舟」乃是舊約的概念，跟新約裡的基督不搭界。她要我負責核對所有引述的外國名稱、用語、原文、中國人名、古詩文等。

聊天中，她跟我講了她近乎傳奇性的身世。她先生柳鳴九，是中國鼎鼎大名的法國文學專家。而她的身世，則是跟英文分不開的。原來，她父親是哥倫比亞大學出身。日本人占領北京，父親不願她在占領區讀日語，將她送進修道院，那裡只有英語、法語和德語，也只學英國文學和歐洲文明，連物理數學都沒學過（她至今不會算帳），可說幾乎沒受過中文教育。五〇年考燕京大學，她看不懂中文，也不會數學，於是把卷子翻過來，四大頁從頭到尾寫滿英文，結果竟以第一名被錄取。大概燕京的教授們從沒見過英文那麼好的考生。

二〇〇一年四月，某日一大早門鈴響了，郵差送來一個大信封，裡面是五本英文書，精裝硬皮本，米色底子的封套，似錦緞，繡著三朵鬱金香，美極了。書名*A Memoir of Misfortune*；譯成中文，大概是《劫難回憶錄》；但爲什麼封面是三朵鬱金香？

後來我在網路上看到〈製作《劫難回憶錄》〉一文，作者是克諾普出版社的封面設計師加布里埃爾·威爾遜，她的解釋如下：

> 這是一個關於離鄉背井、異地重生的動人故事。一個男人終於明白他活著的含義，首先就是與妻子共患難。中國異議分子蘇曉康流亡美國後，他的妻子傅莉攜兒前來團聚，在他們的新生活剛剛起步之際，傅莉卻遭遇在紐約州的一場車禍，以致他們要在異鄉從零開始。我想將三個自然元素的共命運，展示在封套上，寓意其倖存於異鄉土壤。在花園中，傅莉猶如一個女孩在朋友們的精心呵護下成長，就像她在車禍後的復原中，看到雜誌上的鬱金香而心生喜意，在一個雨後的清晨，户外竟出現一排眞的鬱金香。這是他們在車禍後無盡坎坷中出現的第一個奇蹟。在封套設計上，要體現這個家庭的克難奮進，鬱金香是一個完美的隱喻。
>
> 這個花蕊，成爲曉康一家同甘共苦、重估生活意義的意味深長的饋贈。

我有一本古老植物圖集，是從十七世紀珍藏品圖鑑中挑選出來印製的，提供給我這個故事所需要的鬱金香的豐富顏色。我也認爲三朵鬱金香可以象徵母親、父親和兒子。封套底部的幼蕾是兒子，徹底移植於異鄉土壤，並掙扎於認同危機中；從頂部垂下來的那一朵，是車禍後的妻子。右側最大的那一朵是父親，保護並凝聚全家。三個人全都置身於互相呼應之中……。

風箏盒子

不久，克諾普的外文版權經理斯蒂芬妮寄來電子郵件：「《出版人》週刊發了一個很棒的書評。眞妙！」——該評論的這些句子頗令我欣慰：

這本書的題目可能不討讀者喜歡，誰願意去讀三百頁某人的痛苦？不過你可能錯過一次驚異而豐富的閱讀旅程，那既是文學的也是個體的……。一九九三年的致命車禍導致傅莉癱瘓和腦傷，此劫難是蘇的故事之核心。但是他以自責的形式，超越了車禍本身，去探尋中美兩地在政治、愛和靈性上的差別，尤其後面部分的探討富於啓迪。蘇的反省，清晰地顯示了一個人即使未能信仰上帝，亦可經由慘

英譯本《劫難回憶錄》封面與封底。

她就是從這扇窗看到了外面的鬱金香。

烈的災難和痛苦而找到生命的意義。

《紐約時報》接著也刊出一篇書評，顏秀娟的電子郵件馬上跟來：

太棒了！你一定知道理查・伯恩斯坦，他跟你一樣六四後被禁止進入中國。他也是克諾普的作家。我相信會有更多的書評出來。

伯恩斯坦不僅是一位書評家，而且派駐過中國，出過一本《即將到來的中美衝突》，所以他的評論相當精準：

總體而言，蘇以《河殤》鞭笞中國的方式，鞭笞自己的靈魂。他無情地拷問自己，自責人性的弱點和不良習性。他置身於肉體的與精神的流亡話語中，更以承擔的沉重感審視災禍，他定讞車禍肇始、他妻子的重創和兒子的幾近失怙，都是他造成的。他自己就是這個因果鏈條的起點。他的良心責備叫他無路可逃。他甚至像《河殤》聲討中國人的某些特徵那樣，譴責自己流亡美國乃是一種不負責任的行為。

這篇評論對我所敘述的「氣功求治」情節——因為氣功恰是《河殤》所批判的「中國傳統」，我自己因而成為氣功治療傅莉的一個障礙——做了嚴厲鞭辟；伯恩斯坦說他不敢恭維這樣的「迷信」。最後他以冷峻的筆觸結尾：

敘述軌跡從社會運動到個人救贖。這個故事是關於某人試圖影響歷史、到頭來發現被影響的首先是他自己，這意味著當你心不在焉搞政治的時候，你已經對那些與你相關的人負有責任。總之，蘇曉康終將回到令他知名的事業上，即他稱之為「修復國家、民族、社會、文明之病入膏肓」；但是紐約州的車禍迫使他面對自己的命運，那不再是政治目標，而是承擔責任。他已經讓我們看到他被迫走上那條憂傷旅程所表現出來的堅忍。

我知道美國人讀我這本劫難之書，會被置於一些先入為主的閱讀視角下：東方，而且是極權社會的中國；「八九」背景及其中國流亡群落；與移民相關的語言、認同、文化危機等等。譯者朱虹預言它不會成爲暢銷書，不是沒道理的。

我曾受邀去紐海文講這本書，普大教授林培瑞自薦陪我做翻譯。我一開口就說，《華爾街日報》十年前的報導就提到我，說中國作家流亡之後失去寫作能力。我後來才體會到，這種所謂「失去」對我而言是一種徹底的失去。最初我在一百天逃亡後連字都不會寫，手直打哆嗦。我是在一場車禍之後，從一張碎紙片上開始寫日記，後來用筆記型電腦在醫院裡接著寫，又在報紙上寫專欄、成書；到那時，我才發現我又可以寫了。這當中，我講了一個風箏盒子的小細節。

九九年秋我有一次找東西，從床底下拖出一個風箏盒子，那是傅莉從國內帶來的一個大型老鷹風箏，爲兒子保留的一個故鄉的念想。那個盒子，車禍後被我用來存放傅莉從醫院帶回來的零星雜物，包括她殘留的烏髮，都是傷心之物，我六年沒去動它。那次忍不住打開來看看。一張九四年某次氣功班我的身分證，那照片上的我頭髮垂肩，兩頰深陷，眼光絕望，只剩下嘴角依然倔強。還有一張紙片，蘇單的字跡，字很大：「媽媽，我是蘇單，你能不能寫一寫你想說的話，寫大點。」顯然，這是他在媽媽還不能說話的時候寫的。兒子的呼喚與媽媽的殘髮，封存在一起。

我拿去給傅莉看，她就哭起來了。盒子裡還有一個留言本，我都徹底忘光了，那是九三年十月至九四年春，我整天跑醫院，每天臨走前寫給蘇單：關於晚飯給他留的什麼，教他如何用微波爐熱一熱，如何煮速食麵，煮餃子；飯不夠吃的話，讓他再吃一個漢堡包；以及如何去洗衣房用機器，等等。雖然只有十幾則留言，卻是我最恐怖時期留下的筆跡，從那隻言片語中，也可看出蘇單有多麼可憐。（林培瑞翻譯到這一句時竟抽咽一聲。）我幾乎是給他留下這幾行潦草的字以後，就一整天再也不會去想他了。他眞是自生自滅地活下來。一個十四歲的男孩，有差不多六個月裡從學校回家，自己開門，然後去看桌子上爸爸的留言，上面也只有關於晚飯的指示，幾乎跟養在家裡的一條狗沒兩樣。這六個月裡，他的恐怖、寂寞甚至飢餓，我直到今天也不確切知道，他也不肯提起。六個月他變得有多厲害，我們不會知道。

車禍裡最吃虧的人是蘇單，英文版封面裡的那株鬱金香幼蕾。他失去了最疼他懂他的媽媽，而且是在他不可復返的年齡段；他成人之後再要的母愛，是另一種了。他最需要的那一種，在最要緊時刻，是空的。

夜燈

凌晨我偶然醒轉過來，一看鐘三點，發現傅莉不在床上，也沒在廁所，就知道她是去兒子那一頭偵察去了。她已經說過多次，她常在凌晨時分被蘇單那邊廁所的夜燈吸引過去，老是以爲兒子屋裡的燈還開著，一定在熬夜，她要過去催促他睡覺，但總是走到跟前才發現是廁所的燈開著。如此蔓延了近半年，她還是無法糾正這個錯覺。也許人腦受傷之後，從睡眠中醒來，是不清醒的，分辨力很差？加上兒子自暑假以來，一到週末就會出去玩，不是看夜場電影就是同學家的派對，常常要熬通宵，使她無法睡得安穩。這一次更好玩，她剛走到客廳的一半，就聽見兒子出來上廁所，於是自己便趕緊轉身回屋來。

蘇單悄悄告訴媽媽，他的SAT成績考得不理想。傅莉很沉重地告訴我，說兒子很喪氣，跟她一說完就悶頭去睡了。她囑咐我別再責備兒子。她似乎也沒有那麼失望，只是心疼兒子而已。我有些明白，在她的感覺裡，她和兒子依然在劫難之中，她絕不會幻想兒子一切順利的，似乎兒子跟她是一體的，母體傷了怎麼還能指望兒子順利呢？這大概很女性主義。

又一深夜，蘇單一個人悶在屋裡，趴在床上讀他的生物課本，讀著讀著就睡著了。我過去喊醒他，讓他好好睡。他說不行，得讀完這書。他眞的已經很盡力了。翌日晨起，叫醒他，給他沖一杯咖啡，窗外是灰濛濛的冬晨，還有些風雨交加，他背起書包出門了。

這是一個還知道用功的孩子。他的缺點是太自信，也不會安排時間。我跟傅莉說，這孩子像我，我就從來不會考試，討厭考試，當年高考也很失敗。我憑什麼非要他天生就會考試呢？要以「平常心」看待蘇單，無論他進什麼大學，也無論他大學讀得成功不成功，日後有沒有「出息」，他都是你的骨肉。我自己的所謂「出息」也是一場騙局、一種亂世的荒誕；而且是近五十歲才恍然悟到——你的兒子爲什麼不能慢慢去悟呢？

他也是白皙的、安靜的、內心善良的一個生靈，彷彿傅莉的一個複製品。是上帝給我們的唯一恩賜。蒼天茫茫之中，只有這個生靈是同你最接近的，其他都是陌生的、不相干的。我從來沒有如此感覺到這個生靈的存在，以及對我而言的那種刻骨銘心。

我們這些年遭難，我就是一個念頭：不讓兒子再賠進來，讓他能離多遠就多遠，

兒子似乎跟她是一體的。

他彷彿傅莉的一個複製品。

要什麼給他什麼，也許我已經無力精心照管他的學習和生活，但我不讓壓力再蔓延到他身上，讓他自己待在無憂無慮中。說「大撒手」也行、「自生自滅」也行，回頭去看，他幾乎是隨自己的天性成長起來，不服輸、好奇、善良、還有點小狡猾。自然，如果沒有車禍，在傅莉的管教下，他學習會好得多，生活習性也會規矩得多，人可能也乖得多。但聰明只有那麼多。可能有媽媽這個靠山，他不會像現在那麼強悍、散漫、我行我素、自得其樂。事情的好壞是很難說的。蘇單「自生自滅」地成了一個美國男孩，年紀不大，看人有自己一套，尤其絕不輕信於人，凡事都有自己的主見，還很固執，特別是懂得爭取自己權益，一點也不含糊。中國在他身上，似乎只剩下漢語而已。

蘇單不斷跟我提起一部電影 *Blade Runner*——中文譯作《銀翼殺手》，一九八二年的一部老科幻片：二〇一九年淫雨霏霏的洛杉磯，人類製造出比自己更優秀的「複製人」，他們被派到外星球作業，突然叛變，滲進地球……。這部電影令蘇單鍾情不已，究竟是什麼，我始終不懂。若只看情節，也許車禍突然將他拋入孤單之中，世界對他而言就像電影裡那個潮濕、壓抑的冰冷都市，色彩、音效、人物故事都會按照他當時的心境去解讀，他自己似乎也變成一個「複製人」，生存下去不是爲了延續他們非常完美的肉體而是尋找靈魂（外來移民之子，尤其亞裔男孩身體認同困惑的另一種解讀），無依無靠，前途莫測，那是他的地獄之感，跟我的相隔萬里。他沉醉電影裡的那曲哀怨、惆悵的女聲吟唱（一如我沉醉於〈在那遙遠的地方〉），那種浸在雨霧中潮濕、不甘的掙扎，比我在他這個年紀陷入文革的絕望更甚。不知道他獨自在家看這電影時哭了沒有，他跟傅莉一樣不愛哭，哭起來也只是極短的一聲抽咽……。他不會跟我描繪車禍後的暗黑生涯，我嘗試從這部電影裡讀他那時的心情。

佛洛伊德

這個佛洛伊德，不是指十九世紀奧地利精神分析學家Freud，而是一九九九年夏天的颶風Floyd，但在中文翻譯裡都是這四個字母。不過，在我的心理危機時期，兩者誰光臨，都不帶任何戲劇性。

電視新聞裡稱它Monster；從未有過的巨型猛烈的颶風，逼迫兩百萬人離開佛羅里達沿海。它在巴哈馬群島已經造成摧毀性破壞。美國的制度，以國家力量抵禦災害似乎從來不被重視，眞正是「個人自顧自」，像九二年佛羅里達的颶風災難，成千上萬棟住宅被毀；還有中西部的龍捲風，動輒就是摧毀一個縣或一座城鎮；然而美國又以人命爲第一，如這次佛羅里達大撤退，都是拋棄一切。對美國人來說，一輩子辛辛苦苦賺錢就是付住宅貸款，退休者大多選擇佛羅里達假日地區度晚年，一生積蓄都爲此，卻因夏季一場颶風而全部泡湯。不過，這次倒是顯示出國家組織動員的力量，一天之內撤出兩百萬人，還預備動用空軍運輸機……。美國慢慢學會處理過去忽略的事情。

不過「佛洛伊德」只讓佛羅里達虛驚一場，整個半島逃空了，它卻擦了個邊，直撲南卡羅萊納、維吉尼亞以至紐約長島，連諾福克港的軍艦都撤離了。颶風將在華盛頓、費城、紐約一線形成豪雨，災情已變成江河氾濫。我開始心驚肉跳，一旦新澤西也宣布疏散，或者河湖氾濫，我們窗外的那個小潭也滿溢起來，我帶著傅莉往哪裡逃？

美國氣象中心對這個颶風瞭若指掌，衛星可以拍攝它移動的軌跡。先進的氣象預報系統，不僅成爲媒體一大支柱（所有新聞只講「佛洛伊德」一件事），也成爲政府、百姓勢必依賴的社會一端，當此關頭，它的權威在白宮之上，天下唯命是從。這來勢凶猛的颶風，佛羅里達逃過一劫，衛星雲圖卻顯示新澤西上空有一大片濃雲塊，州境內多處將暴雨成災，其中包括普林斯頓；新澤西州州長大概還在猶豫要不要宣布全州緊急狀態……。

我無心做其他事情，一整天都盯著電視，心裡盤算一旦湖水漲進屋子裡來，如何將不能泡水的物件移到較高的檯面上，甚至也爲傅莉備好一件雨衣。下午，全國性的大電視台只關注南部受災較重的地區，跟我們無關了，當時窗外依舊豪雨如注。三點鐘「佛洛伊德」趨向東北長島一帶，雨區也將北移，費城、新澤西一帶到五點鐘警報解除，後續也無大雨大風，雖然窗外湖水依然在上漲，我心裡卻一塊石頭落地。傍晚大雨減弱，我乘機出去買晚飯，路上無甚多積水，我們這個住宅區也未見哪裡淹水，可知它的排水系統相當不錯。當夜，風勢依然猛烈，但湖中已啾然有雁鳥嬉水之聲頻頻傳來，平添了某種溫馨。

「佛洛伊德」飆過，北美恢復常態，周圍祥和寧靜，陽台外的那個小潭，幾日裡洪水瀉去，竟又是一湖碧波，倒影著四周深夏的墨綠松柏，被野鴨划出柔和的細痕，卻再也划不動心裡的漣漪了。孤寂中的寧靜，在北美任何一個小鎮裡，都是很平常的。只是這寧靜也需要去耐煩它才行，就像一切都停止在某一點上，再也沒有未來和希望似的。再無瑣碎的操心，因爲最大的操心早已無奈起來，外界的災難、波瀾、動蕩、絕望，不過如同來去無蹤影的幾場颶風，也刮走了臨時的焦慮與興奮，留下更長的無言。

只等蘇單進大學，彷彿在等一個尾聲、下一個新開端的起步。只有他畢業離家，我們才可能籌畫下一步的去向，離開窩了十年之久的一個陷阱，一場死去活來的災難。我已經實在不能在此地再待下去了，所有的記憶都是不愉快的，心裡只有痛苦和懊喪，任何靈感都無法產生，人似乎只有慢慢死掉。稍稍帶些明亮的憧憬，都是對未知的新生活、新地方的期待，像做夢一樣。可是，我們能去哪裡呢？

空巢

「佛洛伊德」猖獗之際，傅莉看著我掛在臉上的緊張，大氣不敢出，驚嚇得夠嗆。殘廢人最敏感，像大災難前夕的小動物。等一切平靜下來，她也跟我說，咱們搬家吧。但說完就反悔，忽然泣不成聲說不走了，兒子太可憐。我說兒子好好兒的，你哭個啥？她無言以對。原來一個母親是必須跟她的子女同步長大的，這是一種心理年齡，跟實際歲數無關，兒女成人後母親才完成她的角色，回到實際年齡；若丟了專業而回不去，則會得「空巢症」。傅莉失去記憶和母親的角色八年，蘇單長大了，她越回到正常人就越能感覺到這段距離，一種剝離，也是一種空白，因此只有哭，哭過也就算了，說我們還是走吧。

我五十歲生日過後三天，送蘇單進大學，正值盛夏。一早收拾行李、裝車，趕早人不擠。出門往北走高速公路，半個多小時就抵達校園，此時路邊已經滿是車輛人群，都是家長來送新生。找到蘇單住的那棟樓，我借了一個推車、看住行李，蘇單取鑰匙、搬行李，三趟就都上了樓。

兩個學生住一間宿舍，我們先到，自然占了靠裡的一張床。我鋪床時，蘇單自己往櫃子裡擺衣服，很快收拾停當，已經一身汗了，蘇單說學生宿舍沒有空調，我就後悔沒把電扇給他拿來。完了我要走了，他送我到停車場，快快樂樂的，我心裡卻突然難過起來，好像把他扔下他會不知所措的，連午飯都不知道哪裡去吃，只一個勁兒的吩咐他電話要通，往家打個電話。等我趕回家中，他的電話已經來了，說同屋的那個男孩不久來了，「是個個頭和我差不多的挺好的白人男孩，我跟他父母也聊了一會兒，很好的人。」問他哪裡吃午飯去?他說同樓還有一個印度籍高中同學，等一會兒他們一道去校園裡買吃的;還說他很快就回來拿他的電腦，也想申請一個停車證。

他的房間空蕩蕩的，收拾得很乾淨。那個熟悉的身影不在了，你才感覺到洪荒中他跟你永遠割不斷的那種親情。午飯後躺下也睡不著，淚水不斷充盈眼眶，這時才忽然知道，幸虧他是進了州立大學，那麼近，假如再遠一點，我受得了嗎？這個時候也才計較起來，不是想讓他一走了之，而是要問自己虧待了他沒有？爲他上大學盡心了沒有？有沒有哪裡耽誤過他？才忽然覺得他是那麼清白無辜的一個小生命。（想到這裡我禁不住抽咽起來，傅莉在廚房聽見了，說哭什麼？這其實是好事，他走出自己的路了……；很奇怪，她這幾天一直很沉得住氣，一點不慌也不難過。）他只走開了這麼近距離的一步，我已經覺得難分難捨。七年相依爲命，其實我更渴望從兒子那裡得到情感補償，所以他一離家我就神魂顚倒。兒子反而比我厲害，沒有母愛，拿父愛湊合一下也行，還知道精心回報，這個耶誕節自己花錢買了一件名牌衣服送我。

不久我們臥室的條櫃上，擺出一幀照片，蘇單坐在他寢室電腦前面，笑得好開心，蘇家男子的方型臉，傅家的白皙，從襁褓裡帶來的單純無辜的笑容……。這張留影，儲存在蘇單的一張光碟裡，是一堆本科生在宿舍搗蛋照片裡的一張。那恰是他進大學的第一年，從我們的深淵裡逃到陽光之下，才那麼開心。回頭去想，設若將這孩子再多捂一陣子，大概就斷送了他，這種時機的巧合，不是人算只有天算。

他笑得那麼開心。

悶熱中，春天的柳絮還在紛飛，惹得人心裡發癢，毛烘烘的白色絮團落進潭裡，卻把湖面弄得髒兮兮的，像一池工業排泄的汙水，可野鴨們依然嬉戲其間，累了就踱到我們窗外草地上啄蟲吃，還「呃呃」地怪叫，蘇單正在房間裡欣賞他的搖滾，忍不住扭頭朝窗外吼一聲Shut up，牠們居然立刻止聲，還抱歉地搖搖長脖頸。

轉眼要放假了，蘇單搬回家來一些物品，還有兩門考試，他正全力複習，又稱要讀暑期班，我們不懂他幹嘛那麼吃苦，大概是被什麼女生吸引吧？傅莉於是要探那究竟，等他一回來，就悄悄問他，他說他想抓緊時間快點讀完本科，然後想去考醫學院。他眞的要飛了。

蘇單進大學，最欣慰者是北京的爺爺。爸爸給我來信說：

普希金有一句詩：「讓青春嬉戲在我墓門之外」，我年輕時讀了就十分感動，爲什麼感動，說不出來；現在老了，又從蘇單的玩耍中重新獲得這種感動，爲什麼感動，仍然說不出來。普希金寫這句詩時，未進入墓門，我現在也未進入墓門，卻有些感動，也許奧妙在於，青年時代的嬉戲才是人生眞正值得留念所在！《列子》中有一句話：「大道多歧」，《左傳》中又有一句話：「人生實難」。我分別從兩書中看到這兩句話，覺得是一對很好的總結人生經驗的對聯。我們兩人的一生都是在歧路中度過，從精神上講，都是在艱難中度過的，沒有得到多少無憂無慮的快樂。這是時代鑄成的。你幾乎滅頂，但願蘇單活得快樂一些。

爸爸到暮年有所看破，對什麼都無所謂了，只有孫子的事情還能牽動他，這是顯而易見的。他的對聯，似乎也暗示了他的暮年追悔，一生追隨共產黨，是「歧路」，是「時代鑄成的」？但爸爸似乎更痛惜他大兒子的「滅頂」，不由得想從孫子那裡找回一點補償。

趁蘇單在家的時候，我撥通北京的電話，讓爺孫倆聊一陣。老爺子在長途電話上也講大道理，他不知道他的孫子雖然還能聽漢語，卻是聽不懂他說的什麼，在這廂捏著話筒，一面「嗯」著一面跟我做鬼臉。後來爸爸跟我說，他的白內障已經白茫茫一片，什麼也看不見了，既不能看書也不能上街，照理非手術不可了，但聽說糖尿病人患白內障，手術是無用的，而且術後可能更糟……。我問蘇單，如果爺爺瞎了，等你回去他也看不見你了，你會不會遺憾？他立刻補了一句：「是終身的。」

二〇〇〇年耶誕節之前，蘇單已入籍成為美國公民，我立即催他去紐約辦簽證，也給他訂了機票。我要兒子這次回去看他爺爺，也要他去給奶奶上墳，把一九九一年春我在舊金山金門大橋上朝東方拜祭媽媽的照片、手臂上戴的黑箍，都在墳上放一放，也算我和傅莉來過一趟。想到這些，淚水就忍不住。

到了平安夜我就心慌起來。做了好幾個菜，羅宋湯、拌粉皮、百葉紅燒肉、炒牛肉絲，還有波爾多葡萄酒，蘇單和傅莉吃得很多，我卻吃得不香。耶誕節我去銀行提款機取現金給蘇單路上零用，街面冷清，更讓我感覺淒涼，才發現自己非常害怕這個兒子離開，竟有被遺棄的感覺。傅莉見我暗自抹淚，說你別這樣，我這兒一直忍著呢。一個人不能當爹又當媽，這些年裡他還乳臭未乾就當他是個成人使了；後來他不知不覺成人了，卻依然覺得他乳臭未乾，心肝肉兒似的牽掛。

我和傅莉早早睡了，定了鬧鐘三點半起，蘇單則還去看了一場《臥虎藏龍》，說乾脆熬時差了。我似睡非睡地到兩點鐘，起來燒咖啡，催傅莉也起了，不到四點蘇單就搬行李，我用輪椅推傅莉上車，出門奔機場去，外面酷冷，連車內玻璃上都結了一層冰。在機場我們一直送他到登機口，看他驗了票進去，他還回頭找了我們一眼，就徑直上飛機去了。這小子一路都嫌我們太囉嗦，他的表情是沉著有數的，那神色，八年前在水牛城灰狗站那個深夜我就看到過了。他是一個早熟的男孩。

那天是二○○○年十二月二十六日。晨曦裡，我和傅莉頂著冬日一個難得的朝陽從機場回家，路邊的殘雪叫人茫然。回家心情沉重，蒙頭就睡，起來又泡熱水澡，想著兒子正在天上飛。他如被擋在海關怎麼辦？進去了出點岔子呢？飛機出事呢？我六神無主……。電視裡說北美將有大風雪：在中南部形成的一股暴風雪氣團往東移，從北極經由大湖區疾速而來的另一暴風圈，將在週末（三十日）在東岸上空會合，形成「東北大風暴」，沿海地區如同一級颶風襲擊，強風豪雨還夾帶暴風雪及路面結冰。

三十日午夜十二點，還沒有任何風雪的動靜，翌日晨起，窗外卻已是冰雪世界，大雪紛飛，普林斯頓降雪九英寸，新聞裡說：這跟九六年「世紀大風雪」相似。我便去查當年的日記——

1／15／96：半個月的冰天雪地。暴風雪兩度肆虐東岸，一切停擺。我只在家讀書。蘇單最近頻頻與我衝突。我知道他內心壓力太大。昨天晚飯治了酒菜，同他交心，告訴他東方人的另一種智慧：退一步，海闊天空。他吐了一口氣，似乎悟到了一點，心情馬上放鬆下來。

我不記得那年的暴風雪，也不記得跟蘇單的衝突，此刻他還在中國。當時網路上還沒有臉書、推特這些玩意兒，我們父子只用伊妹兒聊天：

中國冷不冷？美國正下大雪，從來沒有見過的大雪，雪都堆到窗台上來了。

一點都不冷。我在屋裡穿毛衣還熱呢。暴風雪多久了？你能出去買食品嗎？

昨天下了一天一夜，今天雪停了，出太陽了，普林斯頓下了一英尺厚。

媽媽和你都沒事？
我們一切都好，食物我都買足了……。

鎖住

從此我和傅莉就是二人世界了。世上沒有爆炸新聞，日子變得很沉悶。沒有遠處的大新聞襯托一下，凡人瑣事便都成了淡而無味的黑白紀錄片。傅莉說：我是室內動物，才不管外頭怎麼樣呢。我也懶得出去，弄到冰箱沒有存貨才勉強出門。報紙早就不看了。英語電視新聞不是股市就是球賽，都跟我們無關。網上中文論壇一個個臭成廁所。清晨端著咖啡習慣地坐到電腦跟前，茫然不知所措。資訊氾濫無非弄得個人無所適從，乾脆不理它還清靜。網路的發達，反而疏遠了活人之間的聯絡。也許都不是，而是我的自閉傾向更嚴重了。傅莉整天在屋裡重複著水中訓練的把式，彷彿我們的屋子就是一個游泳池。她只關心走好路，心智好像凝固了。

在客廳走廊的一個角落，我放了一件物理治療器械，叫擴抻器（stretches），底部呈半圓狀，傅莉把左腳放上去，壓上全身重量，這個器械就把她的腳尖抬起來，抻開腳後跟的筋腱，那是癱瘓後必然縮短的部位。她特別喜歡這個半圓，每天不知道要在那裡踩多久，已經踩斷了一個。她只知道抻開了「短筋」就可以走路了，這是她的腦力所能理解的。她不顧一切地去拽、抻、提……，動力是希望還是恨意？沒人知道。有一天我用吸塵器清地毯，偶然發現在那裡有一個腳印，深陷進地毯裡，呈暗灰色，絨毛都剔盡了。只有這個深印，是她毅力與艱辛的印記，也是殘留在世的淒涼印證，像她這麼好品質的人只能如此而爲，生命的意義便愈加沉重，這也是我無法對冉亮所坦言的——如今她就像天堂的一個安琪兒看著我們。

已經無夢可做？到此是一種零和的結局，存在的意義絲毫沒有改變，因爲一切努力（水中治療、復健）沒有結果。並不是由於太奢望（我沒有再要「原湯原味」的傅莉，如冉亮所責備的），只不過是起碼的一種「正常」，卻未能如願。永遠的不如願是可以接受的嗎？認命到底是什麼意思？我還不夠認命？我還有什麼可以放棄的？前一陣子我的憂鬱症有減輕的趨勢，菸也輕易就戒掉了。我不知道如何重新開始一次？曾經數年裡都在一走了之的渴望中發燒，後來竟平靜下來，以常理看待周遭，反而覺得天涯渺渺，無處可去。又遇上一場鵝毛大雪，傅莉說：「走吧，到沒雪的地方去。」——她居然連蘇單也可以捨掉了。

游泳池冬季周期結束前，凱茜問春季還來嗎？回家傅莉說她不想去了，我自己也沒有一點力氣去勉強她，不知道是一種消耗殆盡的感覺，還是要歇一口氣？游泳池十個月，她的平衡有所好轉，但走路仍艱難。我倆都不敢正視這個效果。我們怕空歡喜一場。後來找到一位物理治療師請教，他檢查後告訴我，癱瘓者行走時，弱側的膝蓋會往後一挺，整個大腿肌肉鎖住，重心轉不過來，平衡就不好。他說不信你自己試試。我一試果然，膝蓋鎖住整條腿都跟木頭一樣，是僵的，這個道理我過去怎麼一點也不知道？可見人體之精妙。一般治療師都說，這是不可往復，是永久性的。

這鎖住的含義，好像也是將我們的餘生，鎖定在北美鄉間一個陰雨的早晨裡，雖然那清晨裡會有一杯香噴噴的熱咖啡，卻依然冷清。治療的含義，似乎只剩自己鍛鍊，效果也不是完全沒有，但很慢很慢。我們曾以為「五年」是我們必經的劫數，誰知竟是一輩子。大概傅莉是真的癱了，如果要從癱瘓中再站起來，現在才是一個開始。我們可以換個地方定居，找一個小的獨門住宅，也只可能在那種冷清的小鎮裡，寂寞度餘生。傅莉種種瓜菜，我寫點東西，一個星期跑一趟東方店，看一場電影，如此而已。

恰在此刻，她的腦神經科醫生檢查後也說，她的肌肉張力基本恢復正常，不再需要服藥了。我告訴他游泳池的鍛鍊很有效，他則未見驚奇地說，那是自然的。但仍然說物理治療對她無用。看來他這裡的治療到此為止了。這是傅莉的最後一個西醫。事實上我們也不知道恢復的概念究竟是什麼。我在莫名中墜入深一層莫名的不安。停藥似乎也變成一個莫名的信號，意味著一種不測的未來。

春雪濃似冬雪，凌晨就砸得窗戶刷刷響，起來一看，窗外已是一幅明清山水畫，小潭依然墨綠，而四周懷抱的松柏、垂柳，枝頭白雪皚皚，彷彿環抱著一個靜謐的洞口，雪花無聲的落進洞口裡。這棟房子依然可愛，景色特別，也好像永遠凝結著這些年裡我們的孤寂，依然是不願被侵擾的樣子。難道我們非要離開這裡嗎？換一個平庸原野裡的住宅又怎麼樣呢？夫妻樸直相守，大概也就如此，我們人屆中年，又無職業操累，不必起早貪黑掙柴米錢，也無須應酬無聊的人際關係，實在是再好不過的一種生活了，何苦無端煩惱？外面的事功，是沒有一樣跟我相干的。茫茫人世庸俗不堪，就像一個虛擬的世界，而眞的虛擬之境——股市、網路裡，則是金蛇狂舞的金融數字和狂放不羈的電子數碼，以及再也文明、人文不起來的粗俗。自由的意義在我，大概只剩下可以拒絕進入這種虛擬世界，拒絕「入世」了。傅莉拿命換來的賠償，是這個自由的基礎。

虛脫中，一次鬼使神差跑回「狐狸跑」，那個我所詛咒的「流亡度假村」。那一帶很空曠，春日的原野籠罩著一股淡淡的霧靄，我七年來浸在痛楚中，如今居然覺得那霧靄又可愛起來。行車沿著蘇單當年的小學、初中往下走，沿途農田已被建築商買走，有兩處住宅群在興建。樣品房也是銷售辦公室，四個臥室裡有一個在一樓，傅莉若上不了二樓就可以在那裡睡覺；廚房、餐廳、起居室都打通開間，寬敞明亮；起居室外又接出去一個陽光室，挨著陽台；我們如在客廳外再接一個暖房，讓傅莉種花種菜，就再理想不過了。那似乎就是我們逃出地獄後的桃花源……。回家當夜，我又在夢裡選位置，盡可能溜邊，挨著樹林，還得背朝東，早晨有陽光灑進來……。醒來才發現，那是永遠被鎖在我們最初遭殃的這個地方。

孤島

用北京話說，跑回「狐狸跑」是添堵，卻也堵出我的一個奇想。幹嘛要買房子，何不帶著傅莉四處旅遊？反正沒有治療可以期待了，定點居住有何意義？待在家裡不過是昏迷、休克、呆傻、死亡的另一種形式。走動的含義，不是在住宅周遭練走路，而是周遊北美。走的含義對我們來說，不止是空間的，也是時間的。這一步走出去，我們大概才能走出已然八年的「車禍」，然後，才可能從北美走向歐洲，下一步就是上飛機了。問題是，不先開車在北美兜一兜，我們幾乎沒有勇氣登機。

我已經在設想去買一輛好車，現在最時髦的車型叫運動工具車（SUV），寬敞而馬力大，多帶些衣物，拉著傅莉先南下佛羅里達海濱（遇到颶風可就慘了）。沿途住旅館，最要緊的事情是先找到一種輕便輪椅，方可上路。如今的方便還在於，帶一台手提電腦，一支手機，到哪裡都可以上網查電子郵件。這是想像力給出的另一種維度，使我不至於死在舊的情境裡，可以馬上跳出尷尬，跳到另一個天地。

我馬上先瞎逛起來，把傅莉留在家裡上網。開車一上路，情不自禁又朝新建住宅區跑。那時有一種高爾夫住宅群方興未艾，建築商先營造綠茵茵一大片草坪，或也點綴一兩處湖塘，再環繞四周蓋房子，市場目標是退休老人，外籍移民更瘋搶這類住宅，都快成了「印度村」、「中國村」。我竟忍不住也去「搶」，找到那裡的銷售經理，煞有介事地選址、選型、放押金（一般都是一千元支票），扣住這塊宅基地一個月，然後再去宣稱放棄，取回支票撕掉。彷彿過了一次毒癮。

互聯網給我的最早便利，乃是按照建築商和價格搜索新建住宅群，雖然我並不要買房子，也買不起。建築商都有網頁，一日新發現一處，立馬找出路徑，星期天跑去。出門走高速一路往東南，二十幾英里進入海濱的一個鎮。那一帶都是國家公園的山野，低度開發，商業工業均無痕跡，安靜的處女原野，卻已然有些住宅開發。這裡除了高速公路，沒有鐵路和機場，是那種Trailer（拖車式活動房屋）來往出沒之地，也是徒步、登山跋涉者光臨之處。一百多個宅基地圍繞一個小湖，我也要了一個，又放押金，期限很寬，於是在我找到下一家之前，不必來取押金。我於是玩起「放押金」遊戲，傅莉戲謔稱我「Deposit Person」（放押金的傢伙）。

新澤西的心臟地帶，奶油嶺（Cream Ridge），一個很西方化的地名，卻是玉米田和馬場的集中地，遍地穀倉依舊，還有一座歷史悠久的磨坊，也曾是南北戰爭的戰場，徹底的田園風光（rural）。一個設計獲獎的建築商，認爲此地環境具有他的設計所需要的那種足夠的空間和足夠的寧靜，在無垠的農田裡孤零零地蓋一個住宅區。我也嘲諷地去放了押金，心裡想起一種「郊區烏托邦」的批評，指其奢談「物理兼心靈的空間景觀」，是在田園情調的表象下弄得「不是荒原也不是文明」。這種郊區（urban），像一隻巨大的阿米巴變形蟲，迅速爬行四面八方，耗竭城市，吞噬田園、農村、原野和森林。

「郊區模式」意味著獨門獨院、新鮮空氣、原野和綠地、安靜、安全、好學校等，有其合理的一面；但也具有人際疏離、單調乏味、社區冷漠、青少年悶在家裡、階級隔離、長途開車等負面。這就是資本主義的精緻化。精緻的含義首先就是檔次，以貨幣度量的檔次——房子價格、地稅高低，巧妙地把階級代換成了檔次，粗野的階級鬥爭已經被消解在住宅區（廉價）、商店（大路貨）、學校（公立）的檔次之中，而這種文化也使人習以爲常、不去越軌。罐頭包裝式的住宅可以很豪華，但像好萊塢一樣，是製造給平民們的——日後釀成「次貸危機」的源頭，正在這裡。

晨起大雨滂沱，天色黯然。此刻我若帶傅莉在遊蕩之中，臨時停住一家旅館內，無處可去，頂多縮在旅館裡逛網路，就像汪洋裡的一座孤島。待在孤島上就只有孤島的想像力，於是總是想找另一座孤島（房子）；對外界的接受能力也很低，互聯網毋寧加劇了我們的這種孤臣孽子心態。後來又設想租一輛Trailer到處遊蕩，可算一種對「孤島」的抗拒。後來才知道那種Trailer在美國是沒有職業、買不起房子（或不想買房子）的人家的房子，開著它隨季節遷移到處打短工。但我還是樂此不疲，設計出遊，比如買車還是租車、買什麼樣的車、往北還是南，以及旅行之中訂旅館、加油、修車的知識等等。

朋友總很詫異：「你不覺得悶嗎？」

我說那怎麼辦？

與其憋在家裡，你不如出來做點事。

我說不可能。

傅莉現在做點飯嗎？

不能。

是不能，還是不肯？

很難說。前幾天，她見蘇單上暑期班總是不吃早飯，就開始給兒子滷雞蛋，要我給她買來現成的滷料，給她找一個小沙鍋，她可以一次滷十個，早晨還剝好了蛋等兒子來吃……。

我忽然抽咽起來。

最終我還是買了一座「孤島」。拜互聯網之賜，我在新澤西南邊的另一個州裡找到它。二〇〇一年八月初，我往南穿過費城，來到威明頓市（Wilmington）北郊，緊挨賓州交界處的一個小鎮，叫毫克森（Hockessin），發音聽上去挺德國味兒。這裡地稅便宜，甚至沒有購物稅，放眼四周還是大田玉米，生活消費指數也低於新澤西州，我被鬼使神差領到這裡，可丁可卯地楔進我們支付能力的檔次裡。買房於我已是熟門熟路，照例選址選型，放押金。德拉瓦（Delaware），美國最小的州，大概因把守在大西洋的德拉瓦灣而得名。月底辦下貸款，律師說你走出這一步，就不能回頭囉。一年來我放了多少次押金，又多少次取回來，這次終於弄假成眞。價格、地稅、模型、交通等等，都無關緊要，只是我失去做決定的能力，因爲恐懼承擔。

在我心底，這也許不過是一個告別，告別那我始終告別不了的。這一步又意味著走進隔絕、走進陌生、走進新的孤獨，我們在完全無望返回人生的掙扎中早已下陷到一個新的孤絕層次。只不過，心理上拒絕這種沉淪成爲維持人世交往的一個勉強理由，藕斷絲連的一點點不捨，如此而已。告別甚至就是告別我們自己締造的一個神話，以及我用以編織神話的書寫。無濟於事是徹底的，告別卻遲遲無法徹底。我們在其中的尷尬，甚至是無法以我們的康復分享於人，我們等不來可以炫耀的好故事、好結局而誠惶誠恐……。

兩禮拜不到，就是九一一。

第三章　天地閉

「爸爸媽媽終於『歸根』在渤海灣了。」我對姊姊說。抬頭眺望海空，「天地閉」彷彿一副景觀，頃刻就在我眼前。爸爸媽媽，以及更早如梁、林的五四一代，他們都是多麼好的人呀，卻都只能抱憾而終！

雨夜竹竿巷

一九八五年四月，「全國優秀報告文學獎」在南京開會授獎，我因〈東方佛雕〉獲選前去領獎，然後婉謝了會議安排的蘇南一遊，乘寧滬線直奔杭州而去。火車在暮色裡停靠杭州站。春雨瀝瀝，正所謂「梅子黃時雨」，江南迷離時節。車站廣場上，滿眼傘舞，人影幢幢。我讓自己呆呆地站一會兒，好跟故鄉接一接心情。上一次來杭州是六六年，文革初期「大串聯」免費坐火車，第一個想去的城市就是杭州，去了也只逛「一湖二堤三島」。轉眼十八年了。

我並不是江浙人；按照中國人視祖籍爲正統的慣例，我父親是四川成都人，但我在四十歲倉皇辭國之前，卻與那天府之國的「錦官城」緣慳一面，去都沒去過。倒是一九四九年我媽把我生在了這西子湖畔，於是記憶中的童年好像都浸在蒼茫霧靄裡，雖然長到十一歲又去了乾燥乏味的幽燕京師之地，我卻沾上了那湖上的波光月影，一輩子走到哪裡，都再也甩不掉「雷峰靜極了的影子」——我想所謂「鄉愁」，無非如此。四川話是從來不會講的，兒音悅耳的杭白則丟得乾乾淨淨了，卻沒學成也是兒音頻繁的京腔；難道因爲它跟杭白，「兒」的不在一個地方？

我是媽媽懷在肚子裡帶進杭州的。一九四九年江山易幟，五月杭州破城，八月媽媽生下我，難產分娩，那是女人來到這世上最大的苦刑。半個世紀後，父親在一九九九年七月給我來信說：

你媽深愛你，還因爲你是她唯一用自己的乳水哺養大的。一九五〇年，在竹竿巷那間三面都是玻璃窗的房子裡，她一面給你餵奶，一面親切地叫著：「我的乖兒子」，顯得分外美麗。這個片段深深地印在我的腦海，從未淡忘。

那間「三面玻璃窗的房子」，我還依稀記得，是一條弄堂和一個院子的木石結構舊平房。竹竿巷，我的搖籃，地處西湖東側，與湖濱路並行的延齡路中段的一條小巷，相傳南宋臨安時，此地有一細竹集市，供編籬插花之用。從巷子往東可以一直穿到慶春街上的眾安橋，那裡有一座報館，是爸媽做事的地方；那裡大多數人講浙江話，也有各別說山東話的，是所謂「南下幹部」，卻只有爸媽操著濃重的四川口音，因此比我不能「籍貫」杭州更困惑的一個問題是：爸媽他們爲什麼會來這裡？

「去竹竿巷。」我叫住一輛計程車。

「……？」

「延齡路，知道嗎？」

「曉得、曉得。老早叫延安路了啦。」久違了的杭白。

車子不一會兒就開到那條路上，雨夜裡，兩畔街景似曾相識。難得這司機還知道二十多年前的老路名。「延齡路」據說是從民國初年就叫起的，緣起清末杭城駐紮清兵的旗營南門名「延齡門」，到文革改為「延安路」，典型的「革命」荒誕，至今不肯改回去，有點莫名其妙。少年時代我常常從這裡走過，也總是在暮色、霏雨中，沿街店鋪的霓虹燈，被水洗得滿地流淌，蕩起我心裡一股莫名的惆悵。少年並非「不知愁滋味」，自從離開杭州，我就丟失了這種惆悵感；以後幾十年裡無論在北京、上海、巴黎、紐約，都感覺不到它，偏偏在台北忠孝東路上，又依稀捉到了它。

九〇年代初，我從歐美三度訪台，每一次都暗暗揣著一個荒誕：這邊沒有人知道，我父親恰是約五十年前逃離台灣的；作為一個共產黨地下人員，他當時的身分是新竹商業學校國文教員，媽媽則在新竹女中。雖世事滄桑早已黯然，我來台灣的心情還是有些異樣，似乎總想替爸媽了卻一樁他們再也不能的心願，譬如回一趟新竹，看看舊居什麼的。一九九一年夏天我第三次去台北，第一個跟季季說了這祕密。她在

《中國時報》主編《人間》副刊，九〇年邀我訪問過台灣。她說她去邀當時還在新竹師範教書的詩人席慕蓉一同去，因爲她會開車，路也較熟。那時還沒有高鐵。

我這種心情尤其是爲了媽媽，一九四八年新竹女中那個四川口音很重，還有些口吃的國文女教員。爸媽一生坎坷中最令我動容的事，至今沒有一件比得上媽媽當年隻身飄洋過海的勇氣。媽媽叫龐佑中，四川達縣人，瘦小而纖弱，脾氣卻出奇的剛烈。讀武漢大學時，她愛上了從成都來的政治學系男生蘇沛：校刊《武大新聞》的總編輯，全校時事座談會的主持人，在政治系讀了多年不畢業。一九四六年，武漢大學好像鬧了一場學潮，軍警衝進校園打死了學生（滿像半個世紀後的「六四」），當局通緝七個學潮的主事者，名單上有蘇沛。他逃走了，輾轉廣東、香港，最後去了台灣。讀中文系的媽媽挨到畢業就對她父親說，我要找他去。媽媽不像當年的熱血青年，或奔南京或投延安，她出川直奔上海，買了去台灣的船票。四七年底媽媽在荒涼小城台

母親龐佑中武漢大學畢業照。
她一畢業就買了張船票去台灣。

東跟爸爸會合，不久便在永無寧息的太平洋濤聲中生下長我不到兩歲的姊姊。爸爸後來對我回憶，他們在台灣一年半，爲了隱蔽身分先後換過四所學校教書，而那時國民黨對他的通緝令已經到了台灣警備司令部。

我隨季季和席慕蓉到新竹，找到那間女中，如今一片磚瓦水泥建築，沒有什麼能讓我引起聯想的景致。爸媽他們曾經住在一間什麼樣的房子裡呢？我四處尋找，忽見一排並不蔥翠的竹子，掩映著幾幢舊平房，像是有些年月的。我便駐足在這裡，讓自己去想像半個世紀前一對年輕四川夫婦在閩南話氛圍中的孤寂和陌生。

「如果不及時離開台灣，我們一家四人都會慘死在那裡，或者瘐死火燒島——當時你尚在母腹中。」爸爸暮年給我寫信說。「四八年十一月底，我們就經基隆回到上海了。長江已封鎖，不可能北上。在復旦大學住了一陣子，來年三月初，我們乘滬杭晚車至杭州，第二日晨在杭州南星橋登上木船，當天下午黃昏在浙江諸暨縣一個內河碼頭進入浙東游擊區。」此即爸媽落腳浙江的緣由。可是四九年政權上台後不久，媽媽的父親——一個四川老同盟會員——就被槍斃了。媽媽受此刺激，一生鬱鬱寡歡，脾氣暴躁，常常爲此而哭。

爸爸說，一九四九年四月底，他在一個叫蔣家塢的山窩裡辦蠟紙刻印的《浙東簡訊》。一日站在山坡上，「遠遠看見一個農民挑著一副擔子，一頭裝著一個小孩，一頭裝的鋪蓋捲，緩緩踏上山坡，後面跟著一個女人。走近才知，你媽媽帶著你姊姊來了。」當時姊姊一歲多，我在媽媽肚子裡應該六、七個月了。幾天後爸爸奉命進杭州接管《東南日報》，媽媽則隨一些婦女跟著游擊隊，在敗退的國民黨軍隊之間穿插潛行，一天的路程走了十天才到達杭州。

我則大概十幾分鐘就從車站到了竹竿巷。這巷口，三十年前有家小吃店，五分錢一碗陽春麵，已無蹤影。小吃店讓我聯想起延齡路上的餛飩館，尤其那種肉餡大餛飩，是北方沒有的；還有慶春街上的餐館，爸爸在報館做夜班，每晚必定去那裡吃宵夜，我從小嘴饞，常常賴在他的辦公室不肯回家，硬等著那一碗鮮魚麵，或許由此便叫我濡染了筆墨和報館的氣息。這種小孩子的把戲，自然不能跟當年徐志摩動不動就到樓外樓「持螯看月」相比，不過，這杭城「靜偃的湖與堤」屬於視覺記憶，肉餛飩和鮮魚麵則是味覺記憶，二者不可偏廢也。

巷子以前是鵝卵石路，春雨裡很滑膩，現在換成柏油路，沒味道了。南宋人寫《都城紀勝》，說柳永〈望海潮〉裡的「參差十萬人家」，是北宋的光景，而南宋則是「人煙生聚，市井坊陌，數日經行不盡」。我童年亦記得這一帶曲巷通幽，卻已在不識人文典故的「蠻荒」時代，好像文革後才有人「考古」出來，說這竹竿巷上面的那條孩兒巷，居然是陸游住過的「磚街巷」；他在那裡寫了一首〈臨安春雨初霽〉：

世味年來薄如紗，誰令騎馬客京華？
小樓一夜聽春雨，深巷明朝賣杏花。
矮紙斜行閑作草，晴窗細乳戲分茶。
素衣莫起風塵歎，猶及清明可到家。

我的天，這首詩大概是我十一歲到北京之後才讀到的——「小樓一夜聽春雨，深巷明朝賣杏花」，這樣的美景而今豈非成了千古絕唱？

漫說無顏以見千年前的「老街坊」陸游，弄堂口進去不多遠，就是我的小學，我卻在細雨中躊躇著抬不動腳，也怕見裡面那位連腮鬍子的班主任唐老師。這小學原先就是一座廟或道觀什麼的，眼下變成三層樓了。當年我並非一個好學生，不是遲到就是翹課，唐老師讓弄堂裡的另一個女生放學後監督我做作業，但是五年級我要去北京了，他召集全班歡送我，叫我一輩子難忘。

弄堂再進去一點，是省兒童保健院，全省獨一家「兒保」，我從小羸弱，記不得多少次由爸爸揹到那裡，醒在退燒之後，爸媽極溫柔的聲調裡總飽含著蘇打水氣味。人到故鄉，無非拉近了跟童年的距離才傷感，而任何人的童年主角都是父母。爸爸在九九年夏來信中接著寫道：

> 你兩歲進幼稚園時，當時還是供給制，我們的錢很少，你媽媽卻在杭州打聽到一個手工極好的裁縫，花大筆的錢，一口氣給你做了二十多件花花綠綠的小衣服，買了一雙新皮鞋，送你上幼稚園。走時，在眾安橋報社門前，你又笑又跳，你媽媽也又笑又跳。一片燦爛。但是，這種燦爛只顯示在對你的愛上，並且很快就消失了。一九五二年，你的外公被鎮壓，你媽媽立即沉淪、沉默，墜入苦海，從此長期失眠，天天吃安眠藥，脾氣也怪僻、暴躁了。

媽媽是那種人，不笑則罷，一笑就是燦笑。她送我進的那個幼稚園，在南山路的西湖之畔，記憶裡我和小朋友們朝夕都和湖上的朝霧晚霞相遇，彷彿有某種說不清的東西霧化到心裡，叫你年年月月夢醒若失。成年後讀到徐志摩，才知道原來我從小看

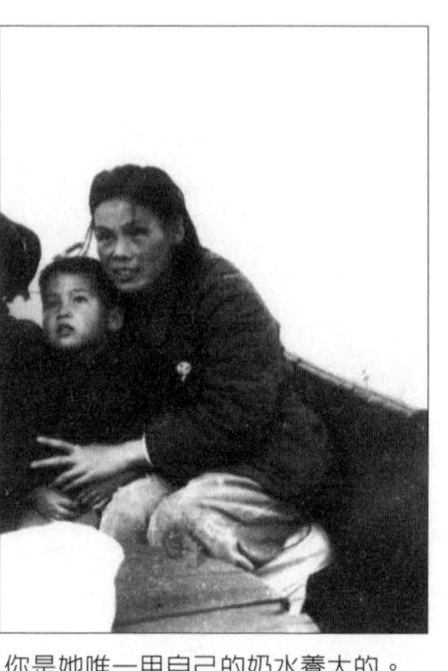
你是她唯一用自己的奶水養大的。
（杭州時期）

慣了的西湖，跟他們那樣「站在白堤上看月望湖」，在地理位置上恰成犄角之勢。我也樂意跟他一樣，情願「在三個印月潭和一座雷峰塔的媚影中，做一個永遠不上岸的小鬼」。人們只記得徐志摩的康橋（「在康河的柔波裡，我甘心做一條水草！」），其實徐志摩的西湖更絕，是中文裡後繼無人的。唯有讀他一九二三年秋天的日記《西湖記》我才找得回一絲感覺，諸如「暝色裡的山形，黑鱗雲裡隱現的初星，西天邊火飾似的紅霞」，宛如我的一幅幅童年幻燈。

後來爸爸寫信又告訴我，當年他們住的不是新竹女中，而是新竹商校，但是那間小屋也許早就拆除了。無論怎樣，我只能找到一種難以言說的心情，但這心情對誰去說？媽媽如果活著，等我回去告訴她去新竹找了她住過的那間小屋，她一定會難得燦笑，然後說：我不信，你會這麼孝順！我的「西湖童年」，或許也是隨著媽媽的「燦笑」，一道跌入記憶庫裡不易提取的角落，似乎只跟杭州才藕斷絲連，譬如這一晚濛濛細雨的竹竿巷。

暮年父親細說從頭

（一九九一年五月，即我逃離中國兩年後，媽媽猝死。從此，爸爸開始跟我通信，一直寫到他自己病故，信中首尾貫穿的一個話題，是媽媽。）

五月十八日早上她還去北海蹓躂。下午五時，她下樓去奶站取奶，下樓前坐在客廳讀《沈從文選集》，並吃花生（事後判斷）；取奶時與兩位鄰居的老伴同行（每天如此），走到一半路，她突然說頸椎處劇烈疼痛，並說從來沒有這樣痛過，當即坐在路邊的矮柵欄上。此時約爲五時二十分，上述兩句話也是她最後說的話。一個鄰居趕快回去叫人來，他們問她，是不是揹她回家，她搖頭；問她是否去醫院，她點頭了。送到附近醫院急症室還不到六時，搶救開始她還有知覺，很快人就昏迷了。她有知覺的時候並沒有看到一個親人。六時以前家人一個都沒趕到醫院。八時十分或十五分，醫生宣布她死亡。事後聽人說，你媽媽死的這樣快，是由於她腦內出血創口很大，出血量很多，並迅速侵入腦幹，心臟功能隨之失效。她的死，表面上看很突然，實際上長期失眠、高血壓，使腦血管早已硬化、脆弱，如一束薄紙，隨時可能破裂。這是因爲她年輕時因你外公被槍斃，精神上受壓抑、政治上受歧視，長期失眠，從二十多歲就吃安眠藥，還有高血壓。你的事，對她也有一定影響，你出事後，《光明日報》有個副總編輯，指責她養出了一個反革命兒子；又說她父親是反革命，兒子也是反革命。這些話對她刺激很大，又重新失眠、頭疼。（父信，一九九一年六月十三日）

你信上有一句話：「如今，對這個世界上最懷念的人，就是媽媽。」事實上，這個世界上最懷念你的人，不是我，不是別人，恰恰是你媽媽（當然，傅莉除外）。你於八九年出走後，家裡最痛苦、最提心吊膽的，就是你媽媽。差不多有一年的時間，她經常坐在自己屋裡的沙發上，偷偷哭泣。我問她哭什麼，她說耽心曉康，我說哭有什麼用，她說她止不住。她陸陸續續哭了一年，人更加消瘦……。後來她又天天跑到小學門口等蘇單放學。有一次，竟然在小學校內拉著蘇單的手大哭起來，引起周圍人的驚訝。我問她爲什麼這樣，她說，看著蘇單就想起曉康，控制不住自己了。她想念你，怕你受苦，這種感情又不能對任何人說，所以只剩下哭這一條路了。（父信，一九九九年七月二十八日）

我對你們的媽媽的感情確實在青年時期是矛盾的，即一方面喜歡她，一方面又對她不滿意。她的脾氣太壞，有時歇斯底里，使人受不了。我心中深感痛苦（但也從未萌發過離婚的念頭）。她極深的愛我，年輕時主動追求我，在認識我不到半年的時間，就對我說：「我一輩子對你忠貞不二。」此話確實兑現。文革中我被人誣陷爲軍統特務，軍代表要她揭發我，她堅決拒絕，未說過一句迷心話。我被關起來以後，托人帶話要她送香菸，當時好菸很難買到，她跑遍全北京城收羅高級香菸，每週給我送來一條。她把她對我的感情記在一本小冊子上，很感人。隨著歲月的流逝，我們互相依賴的感情逐漸濃厚，幾乎沒有什麼芥蒂了。她的壞脾氣不怪她，是壓抑把她變得有點怪僻、暴躁了。在另一端，你們母親最大的特點是正直，她在《光明日報》，以敢於直言聞名，往往一針見血地揭穿某些人的虛僞，因此，有人說她：「一句話就把人逼到牆腳，無處轉身」，但事後還是佩服她。有一件小事。報社食堂裡每天好菜有限，先到者先搶光，編輯部的人總是提早去食堂排隊買飯，可是報社有一批年輕工人橫蠻（略顯「文革」遺風），每天買飯時強行插隊，搶走好菜。編輯部的人無可奈何。你媽媽很久看在眼裡，也不吭聲，忽然有一天，她站到前面去大呼：「誰敢插隊，我今天就和他拚了！」小青年被她的氣勢鎮住了，紛紛後撤。以後一看見她就說：「那個瘦老太太又來了，趕快躲開！」她死後，開追悼會時，有大批素不相識的《光明日報》青年工人來追念她。你們其實有一個好母親，你們並未眞正認識。（父信，一九九九年七月二十八日）

你媽媽死前對死亡似乎有預感。她在日記中多次寫到自己死亡的問題，期望死時速戰速決，不給家人帶來麻煩。她準備好了幾百片安眠藥，準備如不能速決時備用，並且說，就怕那時連拿安眠藥的力氣也沒有了，而別人又不會替她拿。她至少寫了三份遺囑，要求不用貴重藥、不開追悼會之類。她似乎知道，死會很快來到，考慮的重點是不給別人增加負擔。（父信，一九九九年八月二十日）

你媽媽一輩子心情憂鬱（豈只憂鬱，應爲悲苦），種因於解放初期，是當時階級鬥爭擴大化的直接後果，不止她一人，受此害者極多。一九五二年她的父親龐光烈（映華）被當地（四川達縣）政府所鎮壓，原因是他在二〇年代曾經擔任過達縣國民黨的縣黨部書記。當時四川有一條政策規定，凡是當過國民黨縣黨部書記的人，皆殺。所以，他在劫難逃，而實際上，二〇年代是國共合作時期。（外公龐光烈，同盟會會員，辛亥革命後回家鄉辦學一生，二〇年代國民黨見他清廉，請他出來做了一任縣黨部書記；四九年共產黨上台，也視他爲「社會賢達」，請他當縣人大代表，卻不久就殺了他。文革後龐家寄來族譜，所謂「名人」中亦列入了媽媽與姨媽。我姨媽、舅舅和表妹，九三年去過一次達縣，找到外公的墳，並刻了一塊墓碑。）他死後，你母親對黨和政府並未表示絲毫不滿，但組織上定她爲「世仇分子」，在任用、升級、工資待遇等方面一概歧視（對所有「世仇分子」都如此）。你媽媽是一個極好勝上進的人，遭此沉重打擊，一下子就垮了。她原是一個健康活潑的人，從五二年開始就變得沉默了，並且開始每天服用安眠藥，否則不能入睡，身體一下子瘦下來，好像換了一個人。你出生後她身體還好，五二年下半年她日子最難過時又懷孕了，我勸她不要生了，去流產。她說，我今後靠誰？誰也靠不住，只有靠自己生的兒子。萬一大兒子死了，我怎麼辦呢？我必須再生一個。所以，她又在身體極壞的情況下生了你弟弟。還好，我當年的境遇比較順，所以，你媽媽還能在我騰出的空隙裡喘一口氣，艱難地活下來了。（父信，二〇〇二年七月二十二日）

（外公的命運成爲「階級鬥爭」的一個慘烈注腳。他的陰影覆蓋著他所有的後

媽媽悲苦一生中罕見的平和安詳。

裔。「世仇分子」的罩門，高懸在我們每一個人的頭上。我們都不能入黨、參軍。姊姊下鄉「東北兵團」五年受盡歧視而似有憂鬱症，一生孤苦。我們姊弟三人，皆性格古怪，我大概是最正常的一個。父親使用的「擴大化」一詞，是中共術語，亦即「階級鬥爭」並未全錯。父親的描述仍無法擺脫「革命話語」的魔障。媽媽只活了六十七歲。她作爲一個四十年的專職醫療衛生編輯，甚至留下遺言，死後遺體交醫院作解剖。但是爸爸來信說：「我們全家一致決定，她的遺體不送醫院解剖，骨灰盒不存放八寶山，就放在家中客廳的書櫃上，待我死後一併撒入江河。」最後這句話，對日後至關重要。）

祖孫四代

一九九一年五月二十日，我站在舊金山金門大橋上，朝東方痛哭不止。從那時起，我一有機會勸人，第一條就是，若父母尚健在，盡孝要趁早，千萬莫如我，日日被悔恨折磨，後半輩子都不得安生。我甚至連一碗豆漿、一個蛋糕、一件衣裳，都沒來得及孝敬我媽媽。

媽媽栽倒北京街頭的那個地方，曾經多少次進入我的夢境。我太熟悉那個市井了。北京西單往南一點的西四，路東那一片叫西皇城根。那地界最知名者毛家灣，有林彪舊居；北京男四中，數一數二的名校。林彪舊居後被中央文獻辦公室占據，八〇年代初，院內東頭臨街處蓋了一棟宿舍，爸爸也分配到一個單元，攜媽媽、姊姊住進那裡。我們後來也把兒子送去。蘇單就跟奶奶住一個屋，每天聽著「做人道理」入睡。媽媽退休後，天天下午走到西皇城根北街，朝南走去取奶，朝北走去蘇單的小學。若不是「六四」，常常走在這條清靜街路上的，應該是奶奶和孫子二人。從蘇單身上，常會令我想起媽媽的往事。有一天忽然翻出媽媽臨終前給我的幾封信，其中有一段寫道：「聽說你很想我，我不信。但我的確很想你。兒是娘身上的肉……多保重，多學習，多想媽的好處。」我每讀這幾句話，就止不住會哭一場，覺得媽媽是因我而死的。我最難過的是，從小到大沒有感覺到媽媽對我的那種極深的、卻是艱難表達出來的刻骨之愛，直到她走了之後才意識到，成了終生追悔莫及的事。

後來爸爸在京郊長辛店太子峪陵園，買了一方墓塚，葬下媽媽的骨灰。我在海外飄蕩，從此心裡生出一個牽掛來，被那萬里之遙的什麼揪著，很久我才悟到，那是媽媽的墓塚，是一個要我去還願的所在，可是我去不了。直到二〇〇〇年歲尾，我催促兒子踏上返鄉的路，要他給奶奶去上墳，叮囑他把我當年站在金門大橋手臂上戴的黑紗，親手擺在奶奶的墓前。在北京，等到大雪初霽，交通依舊艱難，爺爺便領著孫子去陵園祭掃，兒子一絲不苟地照著我的要求做了，替我給他奶奶磕了頭，還拍了照片帶回來給我看。兒子替我去完成了我無力履行的一樁儀式，我是永遠感謝他的。

爸爸見到這唯一的孫子時，因爲白內障，右眼幾乎看不見了，這是我催促兒子上路的第二個原因。我非常害怕父親等不及再看孫子一眼就完全失明，那會叫我終身悔恨。其實父親並非只想見孫子，他只是不說他也想我。我對父親說，我邀請你出來探親吧，但他不肯。他開始跟我通信，給我講家中和家族的許多故事，也講他自己年輕時代的追求、迷失、悔悟，及至暮年的勘破。

讀爸爸來信，我常會淚水盈眶。爸爸老了，且暮年多病，輪番地受糖尿病、輕微腦血管梗塞、腿關節疼痛等折磨；最痛苦的還是白內障，後來連信也寫不了。我不能伺病在旁，多有罪感。他說：「我現在的年齡，已超過我的父輩和祖父輩兩代人的壽數，應該知足了。」這些蒼涼的話，他也只能說給兒子聽。

爸爸的文字，稍偏冷峻，鮮少溫情筆墨，除了敘述媽媽的悲苦。但有一次，他意外地對我這樣寫道：

兒子替我給他奶奶磕了頭。

你信中說，同蘇單告別時，你有些傷感。這是人之常情。你離開北京去讀書時，我當時心情如何，記不得了。我這個人心比較硬，大概不會大動感情。我腦中印象非常深刻的是，當我十四歲離家讀初中去學校住宿時（就在成都城內），我的父親面對著我傷心痛哭了。我從來沒有見過他痛哭，感到非常驚訝。我問他爲什麼哭，他說捨不得我離開。所以，一代一代都是如此。

爸爸同他的父親以及成都忠烈祠街蘇家那個大家族的關係，可以另寫一本書，在此無法細述。但爸爸確乎是一個硬心腸的人，他從二十幾歲離家之後，隔了半個世紀，直到九〇年代初才回了一次成都老家。我從來沒見過爺爺；他在「文革」初期遭批鬥而死。「我父親是在叫著我的名字聲中斷氣的」，爸爸暮年信中提到這個細節，卻叫我不要對老家抱迷幻的「溫情想像」。他還告訴我，爺爺知道我出生後，曾給我起過一個名字：秀實。這倒是讓我難以忘懷。

爸爸自己的晚年，「硬心腸」已經沒有了，對孫子百般思念。二〇〇〇年蘇單回國探望他，捎回他給我的信。「我視力模糊，給你寫這封信，不能詳說，只能擇要而言……。經過觀察，大家對蘇單的印象都很好，都感到這個孩子厚重、內向、極少發議論，更無狂言妄語……。」從此爸爸的來信必談孫子，而且筆觸纏綿：

收到來信。看了蘇單的照片很高興，他長成一個健壯的小夥子了。記得他剛出生時，你媽媽去鄭州探視，回來時，我問她孩子怎麼樣？她說：「孩子的特徵是眼睛長在面孔中央，額頭占了面孔的一半。」這話給我留下深刻印象。我認定他不會是一個笨拙的孩子。現在從照片上仍能看到他寬廣的額頭，我心裡感到溫暖。

一想起蘇單我心裡就高興，感到溫暖、充實。我知道我們之間有代溝，

我經常懷念你，看你的照片（爺爺與蘇單）。

我不希望他對我有任何回報，甚至不指望他會想念我（也許，忘掉我會更好），但仍擋不住我喜歡他。這是單向的，單向是符合自然規律的。生生不息，長江後浪推前浪，前浪何怨於後浪。

我不知道爸是否意識到，他對自己「單向度」的描述，恰好也描述了他的父親之於他。「一代一代都如此」——父親亦冷峻窺見長流不息的涓涓人性傳遞。上一代對下一代的無言的牽掛，恰似那綿綿的永恆力。爸爸後來還直接給孫子寫信：

我經常懷念你，看你的照片。我今年已七十四歲，我們之間相差五十八歲。我看著你長大，親手撫養過你。有幾年時間，每天早晨送你上幼稚園，下午又去接你回家。這段生活永難忘懷。你奶奶對你感情很深，幾天見不著你就坐立不安。對我們來說，這些感情本身就是一種幸福，一種收穫。我用你奶奶留下的舊信紙給你寫信，你就把它當成我們兩人給你寫的……。你是流亡者的兒子，母親又是重殘。你們的流亡道路仍然迷茫坎坷。你要愛護你的父母，眞正像一個流亡者的後代……。

一個人的告別儀式

二〇〇三年三月初，德拉瓦住宅區內春飛草長。一封電子郵件無聲逸入我的郵箱，整個春天因此變色。弟弟說爸爸體檢時，醫生懷疑他肝癌晚期，要我馬上申請簽證回國。我想這談何容易？恰好蘇單大學裡放春假，告訴他爺爺病了，他立刻說，馬上申請簽證回國。這孩子從去年冬天以來忽然成熟，成了大人。傅莉則出奇的安靜，聽憑我的回國安排，沒有一句異議。她只要跟著我，天涯海角都可以。

蘇單飛到北京就發來郵件：「我進病房見爺爺第一眼，嚇了一跳，爺爺瘦得厲害，皮膚蠟黃，但是他人很清醒，神態自然，甚至還說笑話、抱怨姑姑太嘮叨。叔叔和姑姑兩人輪流倒班守在醫院裡……。」

我也叫通弟弟留在病房的手機，跟爸爸說話，叫他不要放棄治療，等我回去，「好……。」他的聲音很虛弱。我從未體驗過守候一個老人的垂危，又隔著萬里之遙，從那微弱聲中，我無法猜測他是否意識到自己的臨危之境。照中國人的習慣，親屬在病人跟前絕對不提那個「癌」字。我自己內心卻已產生一種莫名的巨大恐懼，彷彿是跟爸爸一道在面對死神，以致口舌生瘡、情緒朦朧。

我一直在中國海關的禁止入境名單上。弟弟他們經疏通而獲得提示：除非爸爸本人提出要求，否則沒有商量餘地。弟弟只好草擬一封信，拿到病床前念給爸爸聽，說他病重希望見一見尚在海外的長子。這無異於將絕症訊息直接告知了他，叫他簽了一封自己的絕命書；爸爸簽字後一個禮拜就走了。他三月二日體檢發現肝癌，三月二十二日下午四點四十分左右氣絕，前後才二十天哪！但中國駐紐約總領事館簽證處直到三月二十八日才通知我，簽證獲准。想起弟弟一開始就說過：「爸爸最想見的人是你。」簽證准了，他卻見不到我了！我再找到姊姊，姊弟倆在電話上抽泣了幾聲。她說：「爸爸一點罪沒受，走得很安詳，是大福氣了。可是他一隻眼一直不閉，我給他合都合不上，他是因爲沒見到你。」

我攙傅莉三月二十九日飛抵北京首都機場。有人來把輪椅上的傅莉推到一旁等候，我則被領進一間會客室，三個自稱是北京市公安局的人，向我宣布「三不」：不見媒體、不發表言論、不接觸敏感人物，然後才放行。這也是一種屈辱；我是回來奔喪，哪有那三種心情？

三天後告別儀式。一早我和弟弟到積水潭醫院太平間，從冰櫃裡抬出爸爸。他的遺體被裹在一個黃色的封套裡。不久殯儀館的靈車來了。告別儀式上午九點半在八寶山殯儀館「菊廳」舉行。爸爸的「組織上」昨天曾約談我一次，說黨內人士要來儀式中向父親告別，「人家」不方便跟我「相遇」，要我必須迴避。儀式分為兩段進行，前一段是「官方的」，我不能在場；他們辦完之後，專門留下幾分鐘，乃特意為我一人舉行的儀式。這是第二次羞辱，但我能拒絕嗎？我只出現在父親的私人身分的這一面，其實也好。一會兒，親友們進來了。傅莉的大妹推著她過來。後來傅莉告訴我，在「官方的」儀式中，我弟弟把她這個大兒媳推至靈堂現場親屬佇列中屬於我的位置，她袖手坐在那裡，不跟任何人握手，以示抗議。事後細想，讓傅莉列於我的位置，也許是弟弟爭取來的。

我一個人被擋在「菊廳」外面，索性跑至殿外另一個白石台基，倚在漢白玉欄杆旁。我記不得從前是否來過這地方。它的建制完全模仿宮廷，都是琉璃瓦大屋簷，但整個陵園顯示年久失修，地磚殘破。我在腦海裡拚命搜尋爸爸的蹤影，出現的景象，是我跟他在華北平原的冬日裡沿田埂朝城裡走，那是一九七〇年的早春。爸爸一九二三年生，那年不過四十七歲，比我逃亡海外時的年紀大七歲。可七〇年那個早晨給我印象最深的是，他一下子衰老了、駝背了、蔫了。我那年二十一歲，忽然很想去看看在幹校裡被打成「軍統特務」的爸爸。黎明時分京廣線火車路經石家庄，我下了車，只知一個村莊的名字，便鑽進霧靄靄的晨曦裡趕起路來……。爸爸見到我很驚訝，從他住的屋子裡拉我到外頭一堆秫秸桿後面，靠定了掏菸，順手遞給我一支。我從未跟爸爸這麼接近過。這次貼近了看，發現他已遲滯、蒼老。聊了一些什麼都不記得了。後來爸爸送我回車站，說他順便進城洗個澡。他四十四歲遇文革，被陳伯達打成特務，幾乎下獄，七五年出頭時五十二歲，是十年的坎坷。以後這些年順了，直到今年八十歲，算是得到了二十八年的平穩生活。可是我至今記得七〇年華北那個早晨的霧靄中，爸爸的臉蒙了一層鏽，再也沒有滌清，永遠在那裡。

爸爸憎憤文革，卻不能因此而幡然醒悟；沒能看透這個黨和它的制度，是中共大多數黨員的宿命。對於「文革」與「六四」、毛與鄧，他也看不到其間的一條草蛇灰線。九〇年代後中國開始糜爛，貧富崩裂，爸爸卻受黨內委任去籌建一個「黨的建設研究所」，專門研究如何整頓黨紀黨風，並在那裡做到退休。整個黨的沉淪，使爸爸無從定位自己的一生，但對否定他年輕時選擇的理想依然不甘。他經過很長時間的掙扎和思索之後告訴我：「歐洲中世紀有許多無名的傳教士，中國古代也有許多虔誠的佛教徒。他們都爲他們的理想奮鬥，後人可能說他們愚昧。我的一生可以同這些傳教士、僧人作類比。它也是歷史長河中的一段……。」這是爸爸寫給自己的追悼詞，早在他辭世前四年寫就；雖然此刻他無法不躺在那「菊廳」裡，去聽黨給他的追悼詞。

忽然裡面有人來叫我，說輪到你了。官方人士都已離去。我慢慢走進那「菊廳」，先抬眼看見高懸的遺像上父親寬厚的容顏。我很想跪下去磕三個頭，可在這陌生而敵視的氛圍中，我竟跪不下去……。我控制不住地抽泣，摘下眼鏡，淚水迷濛地希望多看一眼躺在棺木中的父親。他神態安詳，沒有一絲痛苦的痕跡。很快，殯儀館人員進來拉走父親的遺體去火化。我和姊姊哭送到後門跟前，人家關了門，我還在扶門抽咽……。

北京城牆東南角樓

這次回國奔喪，也給了我一個機會，帶殘廢後的傅莉回來。車禍已經十年，讓她回來看看母親和哥哥姊妹們，也讓他們看看她，這跟我送別父親是一樣重要的。我弟弟和傅家商議好了，讓我們就住在傅莉大妹家中，以便他們歡聚。傅莉媽媽也從鄭州趕來。老太太跟我父親同年，也八十歲了，卻硬朗得很。我去北京西站接她，她步履不輸年輕人，輕捷走出車站。見傅莉恢復如此，看上去並沒有照片上那樣胖腫，老太太欣喜異常，晚飯竟要喝一口酒，還嗆了一下，可見有多高興。接著傅莉的姊姊、哥哥、嫂子也都趕來北京。我對傅莉大妹說，傅家人能湊齊就好了，大家團聚一次。她說正想給老太太做八十大壽呢。一天中午，在皇亭子一家「淮揚村」，給老太太做壽。我是第一次吃淮菜，老鴨湯、大煮乾絲等，味道很好。岳母艱辛一生，晚年可算福壽雙全，除了嫁給我的這個女兒意外傷殘，她大概沒有更大的遺憾。

我們寄住的傅莉大妹家那地方叫「虎背口」，崇文門往東一站的東便門。我偶然出來散步，可眺見一座角樓，身影厚重，箭窗洞洞，卻形單影隻，兀然倖存於大毀大拆的北京城中。西北面是北京站，東南是一座立交橋，西與崇文門遙遙相望，東側臨通惠河。那地界，因這座角樓，而成一個所謂「明城牆遺址公園」。今春我無意間寄身於此，也料想它必定是古都隕落中刻意遺留下來的一個假模假式的裝飾品，稱它是一件「祭品」都不過分。它是國內現存最大最老的城垣角樓。

這角樓叫我想起一對夫婦來。他們曾經唱道：「無論哪一個巍峨的古城樓，或一角傾頹的殿基的靈魂裡，無形中都在訴說，乃至於歌唱，時間上漫不可信的變遷。」

他們曾獻計於「新統治者」，北京不要搞工業、限制城內建築不得超過三層、政府行政中心不要疊加在古城之上，特別是，保存紫禁城和古建築城牆城樓。但是，在這些建議中，只有紫禁城保留下來了。

梁思成和林徽因夫婦在一九五〇年曾做了一個傑出的設計「古都的項鏈」：將城牆頂部十米寬的空間，變成花圃和園藝基地。有雙層屋頂的門樓和角樓，可以建成博物館、展覽廳、小賣部和茶館。城牆底部的護城河和二者之間的空地，可以建成綠地，供划船、釣魚和滑水之用。一個全長達三十九・七五公里的立體環城公園。一個挽救城牆的天才構想，出自才女林徽因。

林徽因設計的北京城牆公園「古都的項鏈」。

八〇年代接觸梁思成題材後，我寫了一篇報告文學〈最後的古都〉，但留下一個疑問：很詫異梁思成屈服於專制顢頇，只有對自己「洗腦」，絲毫沒有反抗，還在反右運動中入了黨。這不可思議，與他對中國古建築的醉心不協調，難道是一種性格上的軟弱？

讀林徽因的資料則遲至我出國後，也讀得更爲難過。梁、林飽受日本侵華戰爭之苦，顛沛流離大西南，特別是李莊那九年，對他們是一個徹底的幻滅，所以抗戰後對國民黨深惡痛絕。難道他們不知道內戰是共產黨非打不可？那個時期受過西方教育的知識分子，對共產黨的一邊倒是普遍性的。可是沒有資料顯示他們在共產黨極權底下有過再次的幻滅。梁思成從精神上被征服是明顯的，但林徽因呢？看不到資料。唯有一篇他們兒子梁從誡的回憶，刻意突出他母親「思想改造」的一些資料，尤其是林給梁的兩封信說她如何被史達林所感召，以及如何對自己「改造」，讀了令我很震驚。只有第一次幻滅，此後在更劇烈的精神奴役下連第二次幻滅的能力都沒有，這是非常悲劇性的。尤其在林徽因的個案上，她是一個具有叛逆性格而又不極端的極有教養學識的天才，竟也是這種結局，叫人除了難過，還是難過。也許她的早死才能解釋。

梁、林的好友費慰梅有一本英文傳記《梁與林：一對探索中國建築史的伴侶》出版（台灣譯本《林徽因與梁思成——一對探索中國建築的伴侶》），我在海外寂寞中亦讀得飢渴，雖然對於我的疑惑幫助不大。但此書有耶魯漢學家史景遷（Jonathan Spence）的序，寫得大氣磅礴；余英時先生還手把手地教我將其中一段翻譯出來：

如果我們從高遠處俯視二十世紀中國歷史，總是很難不把它看成爲驚人虛擲的一個世紀：虛擲了機會，虛擲了資源，虛擲了生命。外敵侵占的苦痛，更加上國內政治的惡化，在這種情形下，怎麼可能產生有序的國家建設？在一個時期是有些實業家貪婪而玩法，在另一個時期則是極端的國家集權，兩者一先一後，把大多數人推入貧窮的深淵，試問平衡經濟又將如何發展？經常流離失所的世界，同時也是一個文字檢察官最無想像力但又橫行的世界；創造性的特立獨行、知性的探索，又如何可能廣泛的流行？梁思成和林徽因的故事，好像自始便支持了上面這些悲觀的醒思。千重萬疊的社會浪費，打亂並摧毀了他們的生命，一次又一次地，這個世界就是不留給他們任何呼吸的空間。

僅僅是虛擲、浪費嗎？同情梁、林的費正清夫婦，卻要到八九年天安門屠殺後才對「中國革命」有所醒悟，也是一個悲劇。這是二十世紀中國的一個未解的迷思。在傾頹的中國廢墟裡，梁、林的靈魂又將怎樣訴說呢？二〇〇〇年余英時曾爲文，稱八九年以來是「天地閉、賢人隱」的十年；此句出自《易經》。他說此話如今只對那些不識時務的知識人才有意義。中國一方面是「軟紅十丈」的花花世界，另一方面在早已無「神」的「神州」，知識分子仍被「先鋒隊」視爲「亂源」。更甚者，十年的威逼利誘，不少知識人已去爲「先鋒隊」搖旗吶喊，剩下的也七零八落了。「墨儒名法道陰陽，閉口休談作啞羊」，陳寅恪一九五三年的詩句復見於新千禧年伊始之際，這不是「天地閉、賢人隱」又是什麼？

同病相憐者之一：劉海若

從崇文門到宣武門，順二環路，由東往西，一條直道，連一個彎兒都不拐，是傅莉在北京的「臨時復健之路」。據說國內最好的腦傷科，在北京宣武醫院，那裡有一位凌峰醫生，經友人介紹，很樂意檢查一下傅莉的恢復狀況；而二〇〇二年五月在英國遭遇頭顱重創的知名電視主播劉海若，此刻正是她的病人。穿行在汽車自行車夾雜的早晨車流裡，那種我從小就感受到的首都擠壓型的冷漠忙碌似曾相識，卻是在陰霾的天空底下多添了無數洋車與洋樓，反襯出北京市民從服裝到表情的壓抑，一股徒然的無所適從。

我看見她從外面走進來，跟正常人沒兩樣，哪像癱瘓過？早在美國就聽說她的奇蹟，我還不信呢。剛才凌峰醫生跟曉康介紹，說她在英國火車出軌傷了頭部，當時開顱取掉了一部分腦子，還能恢復得這麼好。我比她傷得輕多了，怎麼還不如她恢復得好呢？這真是叫人洩氣！她車禍才一年，我已經十年了，耽誤在哪裡？難道美國的康復治療水準還不如國內？可是我們有選擇嗎？早上出來，汽車經過崇文門的時候，我就想起「六四」早晨那天，我上班經過的時候，那具燒焦的屍體還吊在過街橋上……。

劉海若步履舉重若輕，這般奇蹟，令我在陪傅莉的康復路上苦熬了近十年後目睹此景羨慕不已，毋寧這也是對我這個西化派的一種諷刺？或者，當我們已經從「神蹟」渴望和氣功迷狂下終於擺脫出來之後，竟再陷入一種「人間修復」遲誤的新煩惱？我曾懷疑這個奇聞，今日親見之下，不由得不考慮回國治療的可能性，我是否以「攜妻治病」的理由就此「招安」，也需要面對了。由此改變我今後的生活道路（由西方轉回中國）之震盪，甚至比其所暗含的道德詰難更巨大。凌峰醫生極誠懇勸我：「曉康，別擔心，我給傅莉寫證明，說她需要在國內治療。」她也說一看傅莉走路，「就知道她肌肉張力高，海若從一開始就控制住了肌肉張力。」

康復科王主任說我缺乏協調、匀稱、平衡、配合等精微動作的訓練，他扔一個紙團在地上，叫我邊走邊踢，說這個法子最簡單，我跌跌撞撞的滿屋子踢，越踢越興奮，跟玩兒一樣。我想起在YWCA游泳池「淌水」的鍛鍊，也是這個作用，應該效果更好，國內恐怕沒那個條件呢。這麼一想，我覺得沒有被耽誤，幹嘛要留在國內治療？我才不幹呢！後來讓我上機器走，定二百米，走的時候，一個復健師蹲在旁邊，盯著我別鎖膝蓋、別撅後腰，哪是我自己能管得住的？美國沒有這麼做物理治療的。我走了二百米就累了，讓我再走一百二十米我不幹。他們說劉海若每天能走兩千米。今天我看她走機器，走得比我輕鬆多了，姿勢也不需要人家糾正。可是她也不肯多走。她爸爸在機器旁邊督促她、激將她，她就跟她爸爸鬥嘴，跟小孩似的。這上頭顯出她比我傷得重。我猜，根本沒人知道她的內心有多苦。醫院和家人都拿她當個奇蹟，大家都靠展覽她來安慰自己。她又是媒體的人，更逃不了。本來是一場飛來橫禍，成了奇蹟就加上一層罪受。幸好我沒奇蹟。

過兩天又去復健，讓傅莉上走步器，劉海若正在那上面鍛鍊，一個小李大夫說：

「來，用這一部。」他挪開一些東西，騰出另一部新的，是美國進口的，跟我家裡那台差不多。傅莉在上面走出很勻稱的步伐。十年來未出現過的步伐，竟幾天之內在北京宣武醫院達成，所以他們康復科王主任說在這裡練一個月，傅莉便可正常走路。我眞是動了心，給那兩位曾在機場見過的「國保」打電話約談。不幾天他們來了三個人，開他們的車把我帶到崇文門附近的新僑飯店去。這次回國，第一次跟「國保」到公共場合，見他們進了飯店大廳，如入無人之境，只對湊上來的服務員耳語一下，立刻就有人端了茶來。我跟他們從《河殤》、「六四」、流亡一路掰扯下來，陳述我之無罪錯，理應允許我回國。扯到最後，結果是他們無權決定我的去留。他們的答覆是：你太太不在被限制入境名單上，她可以自己回來治病，我們也可提供方便，但你被限制入境，一個月後必須離開中國。總之，沒得商量。

我趁曉康不在家，跟我媽攤牌。我們家想把我一個人留下，曉康也沒轍。我跟曉康跟到美國撞成這樣，曉康一百個欠傅家的，不敢說不。再說，誰知道他心裡怎麼想？也沒準就勢卸掉我這個包袱呢？他自己回美國清靜去。我對我媽說：謝謝妳當初找人給我介紹曉康。我媽不理我。我攆著她說。她不愛聽，我偏說。哪壺不開提哪壺。我要想不離開曉康，只有這個辦法靈。其他都沒用。他們也不好怪曉康了。曉康他爸爸走了，他必須回國一趟，從一開始我就想通了，回國有再大的風險，我也只好跟他來。我一步都不離開他。回國看看也值得。我很感謝曉康他爸爸給了我們這次機會。我們離開中國有多幸運，不看不知道。如今這裡是世界大工廠，人滿為患的野蠻，加上人人貪婪，哪還有我一個殘廢人的活路？

傅家很想留下他們的女兒，但是離了我，他們有些犯愁。這幾天他們亦可體驗到傅莉的蠻橫，那是我十年的「產品」。時間不多了，宣武醫院有效的復健，我恨不能天天去多做幾個小時。但進入四月中旬以後，北京的「非典」（禽流感）越鬧越凶。醫院裡戴口罩的人越來越多，私底下的謠言也越來越翻騰。但媒體還是緘默，封鎖消息，民間只盲目無奈地承受著，至多大夥去搶購中藥，這幅情景，只徒然探試著一個極權體制挨延瘟疫的能力究竟有多大，大約也跟大洪水的年景差不多。我們本該在十四日離境的，為了傅莉去宣武的復健，也為了最後解決父母的骨灰問題，我改到簽證的最後期限才走，無疑也是一種賭博。接獲爸爸絕症消息之前，「非典」已在香港及南方爆發，似乎只是一個局部的事件，未料半月下來，已成燎原之勢，京畿的陰霾也越來越濃，我們躲也躲不開。

恰在此時，普林斯頓友人艾達發來一個電郵說：「今天溫煦，所有的樹花、鬱金香、水仙都在含苞欲放。這是最後的暮春了。沒錯。我種下幾株金盞花和紫羅蘭在露台旁。哦，連氣息都是春天的。草坪泛綠了，卻還沒人去割它呢，那不是很完美嗎？」我回郵件給她：「我們思念美國、思念你和凱茜、思念普林斯頓、思念德拉瓦。這兒太嘈雜，也沒有春天。」傅莉和我都很懷念北美的單純、空曠和寧靜，雖然也必須伴隨孤寂與冷清，若不是這孤絕勢必會加重傅莉的自閉傾向，我寧願在北美冷清下去，絲毫不羨慕此地的熱鬧。生態上的擁擠或許還可以拿錢去改善，人文環境的陌生、不適則是躲也躲不開。中國已經跟我們不相干，成爲一個遙遠的陌生地。社會上一種對西方憎羨交織的扭曲心態，如水銀瀉地般躉入尋常百姓之口；更甚者價值失範、凌弱畏強亦如天經地義，人人大言不慚此類荒謬而渾然不覺，可以見出一個失去自信的民族之驕嗔而粗鄙、不知自尊爲何物的程度。生活在這樣的人文資訊環境裡，怎如就在北美寧靜而居呢？

告別式那天，我跟姊姊一道取來爸爸的骨灰，彷彿他才回到我們家中。捧著盛骨灰的紅綢袋，微微燙手，好像爸爸的體溫還在。接下來，我們還有個難題：爸爸的骨灰盒要不要送進八寶山革命公墓？若是這樣，媽媽怎麼辦？她還獨自躺在太子峪陵園呢。我們有什麼理由將父母的骨灰分開安放呢？

我終於來到媽媽的墓塚前。她孤零零地躺在這裡，等了我整整十二年。作為一個中國人，我理當依循風俗，年年清明來此祭掃，這是起碼的人倫，可我卻無法履行這一點點為子的孝道。我跪在媽媽墓前深感罪責。來見媽媽之前的幾天裡，我夜夜失眠，被一個艱難的決定所折磨：難道我還要讓媽媽獨自躺在墓裡嗎？父親走了，他把這個問題留給了我。最簡單的一個形式，是從這裡起出媽媽的骨灰，跟爸爸的骨灰，一道去八寶山「上牆」（那裡的革命公墓修建了一排一排的牆，每人有一定的空間，夫妻可以同葬），但我最後拒絕了這個方式；我知道媽媽決不願上八寶山。

我焦慮萬分，沒時間猶豫。我是長子，必須決定，並承擔這個決定的全部責任。想起爸爸曾寫信給我，說他留下媽媽骨灰雖然不合其遺願，但「待我死後一併撒入江河」；而北京如今已漸漸殯葬改革，時興「海撒」，於是對姊姊弟弟說，父母皆有遺囑，兩人都堅持他們死後不留骨灰；僅以尊重死者遺願這一點而言，我們也只能選擇「海撒」。媽媽在太子峪陵園，只是在守望她那流亡海外的兒子，今天她終於等來了我，留在這裡的理由已經消失。我要帶走她。

弟弟清掃了媽媽的墓碑，讓我先祭奠，我鞠了三躬，然後我們姊弟三人一道再鞠三躬，就去請墓園人員來搬開墓碑石蓋，底下一個方龕內是媽媽的骨灰盒，存放十餘年，盒上的照片已不可辨認，盒內的大紅絲綢骨灰袋也略有腐朽。取出骨灰盒，墓園人員再將墓蓋住，說「你們付過二十年費用了，二十年內不會換人，墓碑上的字樣我們會抹去。」對我而言，媽媽的那個墓塚空了，我的牽掛也就消失了。中國再也沒有我的家。

四月十九日。我們姊弟和弟媳四人，清晨六點就趕到八寶山參加「撒海」行列。這次有五十二位亡者，據說已是第三十五次，採取這種「撒海」方式的在這個公墓已達六千餘人，所以程式頗像樣，有格有調，組織得也井井有條。出發前有一正規的殯葬禮儀，既致哀也講述「撒海」之移風易俗意義，隨後登車東去。骨灰由一靈車專門運載。兩小時左右抵達天津塘沽港，加入一警車開道，可謂隆重。至船塢處離車登舟，一艘兩層小艇駛出海灣，開到稍遼闊的海域，便允許遺眷撒親人的骨灰。在船尾，我和弟弟在姊姊協助下，在兩袋骨灰中拌進花瓣，我手持媽媽的骨灰，弟弟手持爸爸的，我倆同時朝海裡傾灑，骨灰隨花瓣飄落船尾翻滾的波浪中，而花瓣在海面浮淌，尾隨著渡船，似乎不願離去……。

「爸爸媽媽終於『歸根』在渤海灣了。」我對姊姊說。

抬頭眺望海空，「天地閉」彷彿一副景觀，頃刻就在我眼前。

爸爸媽媽，以及更早如梁、林的五四一代，他們都是多麼好的人呀，卻都只能抱憾而終！

第四章

谷底靜悄悄

沒有來源，屋裡彌漫的甜逸也失去了含義似的，有不可承受之輕；對比外面紛亂殘酷的世界，室內溫馨一如隨你揮霍的陽光。整日飯菜、復健、網路，不與外面溝通，內心空洞卻平靜。

春：樹皮的碎片

《華盛頓郵報》四月二十六日（二〇〇三年）：〈百萬人逃離北京〉——隨著非典疫情蔓延，大批人群二十五日繼續逃離北京返回家鄉。在北京機場，乘客都戴著口罩上飛機。當地記者估計將近一百萬人已經離開中國首都。中國政府報告，二十五日北京有一百八十例新感染非典病人，五人死亡。北京宣布擴大隔離，但官員否認封城謠言……。

我們正是二十五日搭乘中國民航從北京離境的。最後一道「邊防檢查」，那個海關女關員瞪著她的電腦螢幕不知所措，她大概很納悶，這個「六四」通緝犯怎麼跑進來了？我則在想，這個國家不好進，也不好出。恰當此刻，兩個國保出現了，就是幾天前在新僑飯店叫我按時離境的那兩人，晃了一下他們的證件給邊檢，一個頭頭趕來，慌忙放行。航班客滿，乘務員皆戴口罩、手套服務。十三個鐘頭後抵達甘迺迪機場，再南下德拉瓦，住宅區內一派春光，我的草坪裡春草瘋長。

這個小州把守在大西洋的德拉瓦灣。「德拉瓦」之名，取自此地土著乃德拉瓦印第安人。我們的小鎮叫毫克森（Hockessin），在印第安語裡是「樹皮的碎片」之意。

歐洲人最早出現在這裡是十七世紀，當時約僅四十戶農民；直到一九三〇年也還只有四百二十一人。可見當年吸引歐洲屯墾者的起伏丘陵和田園風景，竟是二百年的寂寞。

我們社區門前的那條路，叫「石灰岩路」（Limestone Rd.），史載一七七七年秋曾有一萬五千英軍攜帶輜重和炮隊，穿越此路去攻打北美殖民地的首都費城。當年的泥濘大道，如今變成一條小高速，兩畔農田阡陌；我第一次就是順著它，從普林斯頓摸到這個新建築區來。從九〇年代起，這個小鎮成了德拉瓦州發展最快的地區，二〇〇〇年已達一萬兩千居民。

搬家過來後我才想起，九五年春我們曾有德拉瓦海濱一遊，是爲了蘇單十四歲生日，朋友邀我們穿過德拉瓦州，去馬利蘭州的一個海濱城市。七年前我們擦過北邊的毫克森時，何曾料到會來此定居？而那時的絕望又怎會綿延成今日的孤伶？二〇〇三年春回國奔喪前，我們遷來此地快一年，房子裡還家徒四壁，空空洞洞，我每日忙於應付屋前屋後兩塊草坪。

獨門住宅加綠茵，乃北美生活樣式兼郊區景觀，單調卻迷人。住宅再闊大，沒有好草坪襯著，氣象減半，確乎是「紅花需靠綠葉扶持」的邏輯。但是當你擁有一棟住宅，才知道這草坪多麼難伺候。而「草坪文化」背後的草坪經濟學，支撐了一個龐大的綠茵工業、園林（剪草）業，乃至更龐大的南美西班牙語移民打工族群——割草這種服務，要收費低，靠廉價勞力才能維持長久；否則「不經濟行爲」無法普及。所以「美國夢」是難以拒絕南美移民的。

我在外面弄草坪，傅莉會環繞室內的窗戶跟蹤我，不時扒著窗戶問：「要我給你遞個啥？」——我們的新日子就這麼開始了。那是我七、八年前發誓過的，我要陪她度餘生，既然不能回到中國的一個小鎮，那麼就在北美的一個小鎮吧，而毫克森的光景比我那時幻想的「樹林邊的一棟小屋」、「午睡起來喝茶吃點心」，不知要闊綽了多少。

來美國十幾年，年年聽割草機歡叫不絕，卻從來沒割過草。二〇〇三年我都五十四了，「五十不學藝」嘛，要學割草這門手藝，實在是嫌晚了。伺弄草坪無非兩途：花錢請割草工人或自己推割草機。搬來之初，鄰居大多年輕夫婦，丈夫沒有不割草的；那彷彿也是「美國夢」的一種儀式，或成家立業的標誌。我雖不年輕，卻是個閒散之輩，似乎沒有不割草的道理。於是次第買來割草機、修邊機（trimmer）、吹風機（blower），默默地割起來。誰知一兩年後，某日抬頭四下一看，靜悄悄的社區裡，只剩下我這個亞裔老頭還在自己割草，年輕的鄰居們早就不耐煩這苦勞，包給墨西哥人去割了。北美勞動力匱乏，已經是一個上百年的故事。

一般來說，建築商給每戶購屋者鋪好的那塊草坪，是附送的，日後要靠你自己去調養它。但大部分鄰居卻是錢與時間都不肯給草坪的，任它枯黃草瘦。傅莉每日從家徒四壁的空房子裡朝外望，看哪家草坪好。「紅磚房的草坪眞專業。」她說。

那是斜對門的一家，房子外殼貼了一層紅色磚皮。他家的草坪濃厚碧綠，跟地毯似的，後來我才知道那叫草皮（sod），屬於昂貴的一種草坪。我湊過去跟那家男主人搭訕，他毫不諱言對草坪的「專業」，買的割草機就是專業型的，常見他踩在上面來回巡弋，把那草皮切割得像豆腐塊一般齊整。他還教我：「你這次豎著割，下次就要橫著割，那樣割出來的草坪才好看。」我於是悟到美國人刈草（mowing），頗有明清江浙人繩梅之趣；龔自珍《病梅館記》中所謂「斫直、刪密、鋤正，以夭梅病梅爲業。」古今中西，竟有一種相仿的心態和趣味，眞乃奇事。

可是我這老頭割草，眞覺受罪。草坪沒多大，屋前屋後各一塊，推割草機如犁地一般，也就十幾趟，但是割下來的草要裝袋，一次八九袋，很是費力。我專揀人去樓空的上班時間割草，慢工省力，也要搞個整整一上午。更難是最後的修邊，我常常弄得鋸齒似的，很煞風景。於是留心觀察那些墨西哥小夥子們，他們耍弄的修邊機大而長，全是柴油動力，切出去「嗤」的一刀，幾米長不歇氣，自然筆直。原來那需要臂力！

還有澆灌一項。社區裡大概數我澆草勤快，不落雨就澆它，偏不見長得好，不知是何緣故。「紅磚房」說，「草坪吃水很厲害的」，建議我安裝自動灌溉系統。到網上查，說這系統的好處是可以定時午夜自動澆灌，在太陽升起之前讓水滲進土壤裡，這才想起在普林斯頓的運河社區裡，總是清晨聽到窗外「嗤嗤」滋水聲，就是這玩意兒。俗話說草類乃「野火燒不盡」之潑皮種類，如何卻這般難伺候？給水時辰不對，它雖不會死，但寡瘦枯黃，沒好模樣給你。給水時辰對了，它才嬌嫩可人。所以那嫩綠乃嬌慣之色。而人們要的就是這嬌嫩。

不過，草茵也是可以休眠的，酷夏之前應決定，要麼經常地澆灌它，要麼讓它休眠到換季，切忌猶豫翻轉不定。一些鄰居顧不上，晚春就放棄了草坪，一任其枯黃寡瘦。

還有養草。大量地施用化肥。「一種奇怪的寂靜籠罩了這個地方。比如說，鳥兒都到哪裡去了呢？……白色粉粒像雪花一樣降落到屋頂、草坪、田地和小河上。」——瑞秋・卡遜女士一九六二年出版的《寂靜的春天》可稱環保啓示錄，但她所揭發的DDT之害並沒有喚醒人類。大家甚至是花錢請人來撒這種白色粉粒，不同季節數次，就爲了保有可愛的綠茵。我自理草坪期間，還辦過一件傻事。草坪上的野草也要使農藥殺除，卻在商店裡錯拿了野草、好草都殺的一種，試噴幾處，感覺不對而住手，兩天後噴灑處綠茵皆成枯黃，方知買錯了藥。趕緊問補救方法，刮舊土、鋪新土、撒種、施肥，反覆幾次，才又長出新草。「嗚呼！安得使予多暇日，又多閒田，以廣貯江寧、杭州、蘇州之病梅，窮予生之光陰以療梅也哉！」

春天消失，不知道動物的發情和人類的迎春心情，遭受了怎樣的挫傷。〇三至〇四年那個冬天幾乎沒下雪，直到四月初，室內不供暖還覺得冷，卻在某個週末突然熱得要放冷氣。但只熱了一天，北方冷空氣襲來，天上稍微飄起一點雨絲，就又冷得要開暖氣。一個暖冬之後，又不斷地「倒春寒」。丟了春天，大概還要捱一個酷夏。

我們在北京受「劉海若奇蹟」的刺激，春天回到德拉瓦，就在附近一家健身中心找到一個物理治療診所，自費給傅莉做平衡訓練；主要是股關節和膝蓋兩處的復健。

一年下來，花費五千美元，終於在〇四年二月一個春雨的天氣裡，第一次看見傅莉左腳尖高高抬起，腳跟著地。唯有如此，她才能在一個正確的姿勢下走路，才看到了不殘廢的希望——我們終於到了谷底。

再一年的春天姍姍來遲。清明已在眼前，卻寒風依舊，且雨水瓢潑，不見「春雨貴似油」那般的撩撥人心。一個不夠寒冷的冬季難道是喚不來春風的？而一個沒有冬季的夏天可能就酷熱難當？或者一年裡冬雪吝嗇，便會將水氣都積累到夏天以致於洪水氾濫？

同病相憐者之三：病友和超人

二〇〇三年初，我們回北京奔喪之前，普林斯頓友人艾達轉給我一條地方新聞，來自新澤西中部某縣：

Saskia Ingrid Gallardo，三十六歲，二〇〇二年十二月二十一日在她父母家中，由她父母和丈夫陪伴，安靜地走了。她在一場因馬導致的意外之後，沉睡了十年……，她是一個終身的馬球和馬匹的女性活動者。她也曾是本縣的急救志願者。

她就是在復健醫院跟傅莉同病房的那個少婦，被馬踢成了植物人。看來她再也未曾醒過，從二十六歲一直躺到三十六歲。我在《離魂歷劫自序》曾寫到這個情節，英譯本二〇〇一年春出版後送了一本給艾達，她後來告訴我，有個朋友去她家玩；「她在樓上看書，突然叫著跑下來，告訴我她認識跟傅莉同病房的那個女人他們那一家人。」我驚呆了，立刻求證她丈夫是不是馬球手？一點不錯。「她自己也是在馬球場做事的。她還活著，但沒有知覺，已經出院回家，他們根本沒有醫療保險。」傅莉喃喃道：「天下那麼小！」

十年過去了，那少婦去世的訊息又輾轉傳抵我們眼前，這是一種怎樣的緣分？

那少婦其實只算活了二十六歲。不省人事那十年，在旁人看來何等悲慘，但她自己是沒有感覺的。慘的是她的那個馬球手丈夫和她的父母，十年光陰的消耗及其伴隨的折磨和沮喪，夫復何言？不知他們是否從一開始就被告知她乃一植物人，復元無望？但他們還是讓她在醫院躺著，然後接回家躺著；或者他們是有信仰的家庭，唯有等待上帝把她接走，無法接受安樂死一類的選擇？

總之，性命的盡頭也是文明的盡頭，事理簡單而嚴酷，非此即彼，而一切具體現實的折磨細節皆被淹沒，從無討個道理的分兒。

過了一年多，又一位「因馬導致意外」的受害者，癱瘓九年之後也去世了。他是因演《超人》成名的克里斯多夫．李維（Christopher Reeve），一九九五年三月二十七日於維吉尼亞的一場騎馬表演中，他的栗色純種馬戛然剎在障礙前，他朝前摔出去時手被韁繩勒住，造成全身癱瘓；時年四十二歲。我在二〇〇四年十月十二日的日記如此記載：

「超人」昨天因心臟衰竭而死。他騎馬折斷頸椎而殘生，好像是九五年，則他活了九年。他沒有再造什麼「超人」的奇蹟，卻在他妻子陪同下創造了一個凡人殘而不屈的可泣故事。雖然，醫學對他可謂殫思竭慮，據說他的手指似有知覺了，電視上出現的那些他的復健視頻，似乎傅莉都經歷過，尤其是水裡的那種復健，但對折斷頸椎者療效微乎其微。以他的身分，可以接受最尖端水準的復健醫術。從他譴責小布希政府禁止「幹細胞」研究來看，他的希望似在那裡。

《時代》週刊有文說：克里斯多夫露面時總是一副不在乎的、寡言的樣子，私底下他卻坦率得多。九五年騎馬折斷頸椎不久他曾發誓五十歲一定再站起來，二○○二年他對《時代》說：「我盡可能保持尊嚴，但不是每一天都撐得住的。」他在《讀者文摘》上說：「你不只是一具軀體，心智和精神超越身體。」

他一直展開活動，爲癱瘓研究籌款，爲幹細胞基金會呼籲，鼓勵其他癱瘓者，甚至提供他的身體作爲新治療的試驗。他的努力至少促進了這一時期的癱瘓研究。他受傷的第一個月就成立了他的癱瘓基金會，現有四千七百萬基金供脊椎研究。脊神經是不會再生的，一點點受傷就可阻斷訊息；那是掌管運動、感覺和呼吸的。他資助一種叫Schwann細胞的研究，對脊椎細胞再生有幫助。他的基金會也資助一種脊椎用藥叫Rolipram。二○○二年他宣布重獲身體百分之七十的感覺，大部分關節可在水下運動，震驚了醫療界。他的醫生對他做電擊治療，對肌肉很有效。在儀器的輔助下，他甚至返回演藝生涯，扮演電視片《後窗》的主角，是一個殘廢的男子產生了窺視欲，還導演了兩部內容跟康復有關的電視。

夏：遮蔽灼燙

春天遷來德拉瓦，不久便炎夏難當。我們都沒來得及裝窗簾，驕陽灼烤著新地板，彷彿灼在我心頭。我和傅莉都被陽光爍得看不了電腦螢光幕，電視螢幕也是一片慘白。我倆待在沒有遮攔的房間裡，被暴露的感覺如陽光爍痛一般。

我們在普林斯頓運河社區的公寓，窗戶朝西，又在一樓，樹蔭濃密，四年裡難得見到陽光。這種渴望陽光的潛意識，主宰了我對新居的規劃，選址刻意要坐南朝北，讓窗戶多承受日光。原不過是貪圖廚房吃早飯時那點朝陽，卻不料如今陽光滿屋，我們躲都沒處躲。

在我慌忙選購窗簾之際，恍然覺得這灼燙與樹蔭，其實是一個遊戲而已。比如我們房子的東側日曬最凶，鄰居有的在側翼栽樹遮陽，也是景觀，受此啓發我乃跑苗圃找樹。剛剛逃出樹蔭，此時卻要花錢買「樹蔭」了。據說有一種瘦削的梨樹最好，樹冠十英尺左右，長成十年即可遮蔭，於是定了三株；現已齊屋高矣。至於窗簾，先是在樣式和價格之間掙扎良久。我不喜歡美國傳統窗簾，鄉土氣且昂貴；專門訂做就更貴，供選的花布也很鄉氣，皆不合我意。最後找了一家大概是印度出產的窗簾，棉絲織品，氣息清新，我一口氣量了全部窗戶尺寸，都從網上訂購，找了一位專業窗簾安裝師，兩天全都裝好，終於可以避開陽光，不再心慌。

我們買房子買到沒有任何熟人的一個陌生小鎮來，好像故意來找孤單感的，旁人看著大概匪夷所思。這個社區裡中國人也不少，我除了在外面割草時迎面碰上點個頭，從無接觸的意願。我去買樹的那個苗圃，背後隱蔽著一個幽靜去處，懸掛「華美中心」大字招牌，於我們可謂近在咫尺，以德拉瓦州華人密度極稀疏而言，實乃奇事，我卻也沒想進去打探個究竟。

社區裡的一個中國人鄰居，說是普林斯頓畢業後來此地杜邦公司做事的，大概從電話本上的英文拼音認出我，一天突來電話，說此地有個中國人讀書會，托他來請我去講講話。這個讀書會多是退休者，溫敦而含蓄，晚景中以玩味中文作爲一種文化懷舊。經他們介紹我才知道，三十年前就來德拉瓦的幾個中國人，爲了造福後代，每人出幾千塊錢合起來買下一個農場，成立了「華美中心」；日後逐漸演變成中文學校和華裔老人活動中心「常青社」。然而，我和傅莉未達「爺爺奶奶」輩分，尚無孫輩要送中文學校，往老人堆裡扎也似乎早了點。

我們移居此地一直恐懼外界打擾，實乃多餘，或自作多情。而且情形大概恰恰相反；傅莉的恢復，特別需要跟外界交流，這隔絕對她尤其不好。我便帶著這麼一點恐懼，忐忑地領她走進「常青社」。每禮拜三有老人活動項目，第一次去，就碰上他們的晨會，一大廳人坐得滿登登的，有人指揮唱歌，可能是唱中華民國老歌，我們卻茫然不知所措，從調兒到詞一句也聽不懂，自然也無人理會我們的尷尬。我這才知道，所謂「國家認同」，第一試金石乃是歌曲，它最能測試你曾經是哪國人。

接下來的節目，先是有人上台介紹當時台灣的「韓劇熱」，詳述幾部連續劇的情節以及明星軼事，聽得我們丈二和尙摸不著頭腦，因爲我居然是第一次聽到「韓劇」這個名詞。「韓劇」之後是「蔥油餅」——家庭美食分享，有菜譜和講解。兩個星期後，我們便止步於這個老人中心。傅莉說不出她的不情願感受，我則覺得有一種從年齡到文化差異的「中空感」；風靡他們的那些事情，我們毫無感覺。

但我還是不大甘心。雖然我們社區隔壁就有個「威明頓主恩堂」，我卻有點怕中國人的教會。無意間聽說附近每禮拜都有幾處所謂「姊妹會」，家庭婦女信徒聚在一起讀經見證，我便特意去求一位戴太太接納傅莉。可是送她去了兩次，她就不願去了。她說一群女人整天在那裡議論別人的是非。原來傅莉未曾有過她們那種「講用式」見證的任何經驗。她跟社會脫節太久，對形形色色的有上下文的特定語境，已經進入不了。這才發現她也有「中空感」，不過是另一種。反正我倆都被吊在半空中了。

我盡可能嘗試了周圍的中國人社團，竟沒有一個令我們稱心的。「我走不好，哪兒都不去。」傅莉從此斬釘截鐵。不出去了也罷，外面卻偶爾也會有人進來，甚至遠道從中國來的，或者是不速之客，彷彿大海撈針似的，到北美一個冷寂小鎮將我尋著，更多的大概是好奇罷了，卻每每對傅莉是一記重大刺激，叫她心驚肉跳。一提「有人來」或「去看人」，她就炸，不能碰的兩個爆發點。她也至今不清楚自己的處境是吊在半空中。有一次我寫東西忘了弄午飯，十二點半才想起來。

「我還以爲你罷工了呢。」她說。

「那麼妳自己打算怎麼弄午飯？」我乘勢問。

「我還沒看冰箱裡有什麼。」

「要是冰箱裡什麼都沒有呢？」

「你甭逼我。」

她沒想過這一層。我說假如我在外面出了意外，再也回不來了妳怎麼辦？妳會打求救電話嗎？

我說，我們倆就像呆在茫茫大海漂著的一片葉子上。

這片葉子，是我近幾年來苦心經營出來的。

孤伶伶地陪伴她，不是早就定了局的嗎？

她是一個病人，煩躁是難免的。

常常我嗓門大了點，她會傷心，說：

「你煩我了我就走，打電話去找老人院……。」

「怎麼找呢？哪兒有電話號碼？」

她一愣，才知道我逗她呢。——別說她，連我自己也不知道呀。

說這些話的時候，我倆躺在床上。

說完都在黑暗裡沉默下來。

她說一夜沒睡。

她的境地依然孤絕，離了我沒有任何出路。——外面的世界對她是一片苦海。

大西洋波濤寂寞。

找個會講普通話的心理醫生試試吧，我想。有個朋友好不容易在靠近我們的賓夕法尼亞州南部找到一位，打電話過去一問，是講廣東話。然而腦傷引起的自閉，心理醫生能治嗎？自閉症又稱「廣泛性發展障礙」，由腦中樞神經受損引起，又有社交發展障礙和語言發展障礙兩種。社交發展障礙有多種類型，據說最嚴重的一種叫「敵意型」，認爲四處都是陷阱，所有人都有陰謀……。

奇怪的是，有一天她竟自己上網去查「憂鬱症」，還找到一種自我檢測表，要我「對號入座」一番，然後說「你有輕度憂鬱症呀。」於是說要給兒子打電話，讓他去找個心理醫生給我看看。她卻不承認自己有「自閉症」。

二〇〇五年夏季，高溫熱浪襲擊北美，許多地區的夏季溫度和用電量打破常年紀錄。紐約、費城和華盛頓的溫度升到華氏一百度（相當攝氏三十八度）。我們肆無忌憚地讓冷氣歡叫著，一個月的電費也沒有那麼嚇人，但給你的是某種一千五百塊也買不來的清爽、恬靜。很多人往北跑到緬因、往南跑到南卡，去找涼爽或海灘，那哪有待在家裡舒服呢？搬過來三年才開始有了一點安穩的意思，我也終於每日可有半小時飽滿到位的一個午睡，因爲心裡頭放得下了。對我們而言，所需要的安穩是極爲苛刻的，那種徹底程度是要灌入傅莉重創的大腦，叫她也終於可以平靜下來才算數的。

在海外中文世界裡知名的一些華裔教授們，到了退休的年紀，紛紛返回東方的「兩岸三地」去度餘生，是絕不肯在他們供奉了一生才學的西方耐煩冷寂的。這倒叫我明白了一件事情。二戰後特別是四九年，爲什麼會有那麼多留洋的中國學生不願意待在外面而紛紛回國？對此有一個通常的說法：「愛國情結」。現在我才知道，根本沒有那麼回事；哪來的什麼「愛國心」呀？大多數留學生其實根本不習慣西方的習俗和生活，皆不可想像自己如何在異邦過一輩子。從今天推想半個世紀前的美國，一個中國留學生出了大學城或者「中國城」，就恍如跌進文化沙漠，一切跟你相關的東西都消融、不見了，你得拽著英語從零學起，無疑還得承受一點「種族歧視」。這種蛻蟬似的折磨非一般人所願意去領受的，因爲它降低自尊，並承受心理高壓，也不是中國文化中成長出來的虛榮心餵養大的讀書人所耐受得了。除非萬般無奈，沒有幾個人願意留下來。當年留下來的，反而是勇敢者，雖然他們後來大多寂然無名。如此來看，奔回「新中國」後又遭「反右」、「文革」劫難的受害者們，並不是可以用「理想主義」這樣的桂冠去恭維的，他們不過也是受尋常人性驅使而已。「愛國心」之類的事後標籤，大有「貼金」之嫌，甚至算不算某種受辱，也還難講。

秋：雪松之殤

冷灰煙色而枝杈尖厲、削瘦高峻的一種松樹，軀幹又可以扭曲如一紫色虬龍，雖天然猶似人工，且價格昂貴，是極好的園林飾物，我卻猶豫要不要買來栽到門前，因覺妖氛太重，恐不吉利。園林書上說，這種藍色阿特拉斯雪松（Blue Atlas Cedar），適宜陽光充足、酸性土壤。

二〇〇二年春，忙完室內窗簾，又開始傷腦筋外景，尋思在車庫外面的車道旁，砌一花壇，植上花草樹叢，遮掩前面不遠的路道。這就不像裝窗簾那麼簡單了，從設計、規劃、找施工者、買樹等等，一直忙到秋天。看看社區裡梨樹、櫻花樹居多，避免與鄰居雷同，最後決定要這雪松，到苗圃買了一株直挺數丈高的（絕對不要扭曲的），又多買了一株日本紅楓，那種極流行的紫紅葉的矮墩楓樹，一高一矮，一藍一紫，裝點車道旁空間。

二〇〇二年中秋前，發生一事令我難忘。當時爸爸尚健在，曾來信說，他準備借道加拿大出來探訪我們。爲什麼先去加拿大呢？這裡有個緣故。九一年媽媽去世後，爸爸頓成孤煢，晚年淒涼，設若健康再亮紅燈，有誰能依靠？我在海外最焦心，束手無措。雖然國內風氣漸開，鰥寡老人結伴度黃昏已很平常，但誰來替老父張羅？一年後，爸爸來信提到，他供職過的《紅旗》雜誌的一位老同事李阿姨，老伴也走了，老熟人都攛掇他們倆結合，「李為人平和，言語不多，頭腦清醒。」九三年春爸爸決定跟李阿姨去登記了，傅莉這廂還在尋思送什麼禮物，不久遽遭車禍，我們倆從此跟現實世界斷裂。後來弟弟來信說，爸爸退休後精神很好的緣故，除了經常還寫點東西，主要是有了李阿姨作伴。

轉眼十年快過去了，李阿姨在加拿大的兒子請他媽媽去探親，爸爸忽然動心，願伴隨走一趟，護照也拿到了，卻波折再三。一是怕加拿大拒簽，二是猶豫中途去美國一趟的忌諱，彷彿「欺騙組織」。我中秋節打電話回去，安慰爸爸：「加拿大拒簽你的話，我就出面邀請你們。」他高興極了；至於他的猶豫，我則直說：親情與政治兩不相擾，要麼探兒子失去點什麼，要保住什麼就別探兒子，卻需要你自己選擇。老爺子淒涼而遲疑。如此延捱到來年春天，爸爸便在體檢中查出了癌症。我是到奔喪返京，才見到這位李阿姨。她給了我父親十年的安逸晚年。最後幾年爸爸因白內障無法寫信，都是她代筆寫給我的。爸爸走後，李阿姨不久也跌入老年痴呆症。

晚餐前掐下我們自己種的第一根黃瓜，用刀拍裂、切斷，拌入香油和蒜泥，撒點鹽，乃是夏季最佳的冷盤。美國超市裡不是沒有黃瓜，但那跟中國黃瓜品種不一樣，瓜瓤和瓜籽巨大，瓜肉卻不脆生，涼拌不好吃。中國超市則夏季偶有黃瓜，多貴我都買，只為了吃那一口脆生。

種黃瓜是晚春以來傅莉一直忙乎的一件事。我們竟找不到一塊空閒地來種菜，尤其是陽光充足的後院，只好去買栽種用的深木盆。她已經關閉了外界的大門，卻還願意經營自家的後院，仍不失為一種生活樂趣，我自然跟進，一道操辦起來。我這邊往深木盆裡添土，再泡一碗黃豆，碾碎了埋進土裡做底肥；那廂傅莉找出菜籽，滿滿一個點心鐵罐，什麼中國菜種都有，是她大妹十年前就從國內捎來的，可見傅莉從嚷嚷種菜，到今天真的有了動手的能力，竟是十年的流逝，這便是理想與現實的時間差呀！她研究半天育種方法，又去網上查尋：菜籽先用溫水泡一泡，直接倒插進土裡一指深，說是三五天便發芽，我們卻等了不止一個星期，三簇苗芽破土而出。夏日清晨裡，傅莉天天去觀察，像看孵小雞似的——卻並不像當初在舊居發現豔麗驚喜的鬱金香，突然窗戶底下冒出來——終於盼到自己親手種下的菜蔬，她的喜悅是沉靜的：

「我的手氣不錯。」

朝東陽光炙烈，每晚澆下兩罐水，黃瓜長得極為迅速，月把即須插杆扶枝了。約一米高時，傅莉又下命令：「掐尖憋花！」我哪敢？她卻自己上前只管掐了頂，不久便真的從枝幹上幽幽的擠出許多黃花來，「那花兒就是瓜啦！」她說。未幾果然有許多小嫩卷兒出來，幾天之內就會沉甸甸地垂成毛刺滿身的碩長黃瓜。

就這盆黃瓜，似乎給我們的隱居生活平添了一絲田園氣氛。

二〇〇三年八月，我五十三歲生日，傅莉說：「我給你包餃子吧，韭菜餡兒的。」這是我搬到德拉瓦的第一個生日。她其實站都站不住，就坐那兒擀皮，也擀不成樣兒了。但是她指揮我拌餡兒，拌出來的，還是過去的味道，我最愛吃的。她也包不成幾個餃子。重要的是，她終於又有了給我做生日的概念，那是快十年沒有了的。兒子不在，只我倆靜靜地吃餃子，連一瓶紅葡萄酒也沒有，更甭提五糧液，只好順手開了雜物櫃裡一瓶愛爾蘭威士忌，就著韭菜餃子下肚。我跟傅莉說，三十年前文革中我在三線工廠時，忍幾個月才捨得掏錢去買農民的一隻小土雞回來，炒個辣子雞下酒，那味道永無替代。不是因為雞是土的，而是匱乏，貧窮才有美味。所謂貧賤夫妻也如此。似乎一切雋永跟財富不相干，且毋寧是牴觸、反向的。

每一次體檢，都像進一次法院受審。人在疾病威脅下，只是被動的承受著，各種檢查報告其實就是判決書，會隨著一個電話到達。年初傅莉做了乳腺透視，第二天便有電話來，醫生要跟我們談談，約在第三天下午。這一天我都在恍惚中，不敢跟傅莉去說，一直捱到中午才說，她聽了很鎮靜，說「去吧。」醫生指著X光片上一個微小的白點，說他不能確定是什麼，得等六個月再照一次片子，看有無發展，目前尚可視爲正常。那幾天我內心一直翻滾，一個人出去購物時，在匆匆人群裡想到家裡那個苦命的女人，她在這個最發達的國度未逃脫車禍在先，難道又要陷入這裡每五個人就輪到一個的癌症？她原只有四十年短暫的浮萍般的生命，爲何還要她以殘軀殘生領受這宿命？我是不敢再往下想了。我開始有了迴避的心態，替一個渾然不覺的女人去迴避她不再恐懼的什麼。

她沒有恐懼，是被眼前的殘疾所遮掩、替代了呢，還是她根本不相信？我無從知道，只覺得這樣挺好，也裹挾了我去忘卻那恐懼。我們不再爲此困擾，只貪圖眼前的好光陰，捱到六個月以後再說。九三年她才四十一歲，到五十四歲，正經歷了她的更年期，荷爾蒙無從化解，叫她患上那乳腺疾病的機率有多少？

傅莉如約去做六個月後的乳腺透視已是夏末。我在外面等得心急如焚，也在盤算被宣判後的應對之道，覺得好日子又快到盡頭了……。忽然手機響了，她從裡面打來的，說等了半天怎麼沒人來給她做？我心裡一喜：她終於會用這個勞什子，知道拿它呼我；忽然手機又響，她說已經查了一遍，又叫她再查第二遍。又一會兒，一位放射科女醫師出來招呼我，說醫生要跟我談。我跟她進去，另一位男醫生讓我看掛在燈光螢幕上的三張片子，他指著最下面那張說：「這是她右乳的片子，你看這裡，跟前面的相比，有什麼在生長，所以我們建議作活檢切片（biopsy）進一步檢查，也許什麼都不是，也許……。」他說他會打電話給我們的家庭醫生，請她安排活檢。

我心情黯然，恰好蘇單來電話，我就跟他說了。他正複習考試呢，照理不應打擾，但我只有這個兒子可以問問。

「這麼一發現了，癌症的機率大嗎？」

「哪兒啊，做這種檢查的人多了，二十幾歲的也有，但是媽媽這個年齡最需要注意，查出來的大部分都不是……。」

她剛剛會走路了，我在期待天涼快點陪她出去，沿著社區的小徑漫步，走它一個秋天。活檢的結果也許改變一切，而對付殘廢的物理治療，將由放射治療來取代；

跟她一道承受治療後的不適，如噁心，甚至還會脫髮，以及怎麼調整飲食……。生活已經平靜得毫無波瀾，日復一日。陪伴她康復的前景是未知的、縹緲的，點滴進展在生命已近黃昏的緩慢流逝之中，顯得並無實際意義，她能走路了又怎樣？防中風、猝死還有癌症，成爲最重要的生活內容，在這樣一種防病延壽的晚景歲月裡，健康會不斷亮紅燈，除非你不是凡人。女性乳腺鈣化本是晚年難逃的一劫，猶如糖尿病、高血壓、心臟病或其他癌症，一道道煉獄的門檻……。

車道旁的那株雪松，栽種的時候就栽歪了。兩年前花壇砌成時買來它，卻捨不得多付點錢由苗圃的人栽上它，就讓築花壇的工人順手將它處理了，好像揀了個便宜似的。他們卻把它種歪了，我也不好意思再讓他們糾正，就那麼讓它歪著長起來，而它那挺拔的身姿，越伸展越歪得厲害，好像是抗議栽種它時的粗鄙和草率，也似乎在招引路人目光的同時，引來一聲惋惜。兩三年下來，它的雄姿和傾斜，成爲我的園景裡的一個焦灼。在夏季颶風季節裡，我擔心它被大風刮倒，卻也束手無策。後來有個中國鄰居來建議，可以繫根繩子在樹中腰，慢慢拉直它，再用一根厚木板，從傾斜一側撐住它。因他稍懂園林知識，我就信了他，由他幫忙做了這個「矯正手術」。

到醫院裡陪了傅莉一天。活檢定在下午兩點，要我們提前三小時到位。頭天做好一切準備，一早起來覺得可以篤定，卻發現這是夏令時間第一天，鐘點提前一個小時，慌忙上路。趕到那裡給她換好了衣裳交給護士，讓她穿著手術布單在裡頭又白白地等了兩個小時，急得她大嚷起來。

現代化的大醫院，簇新、井然。進去出來之間，我見護士換了好幾個，人浮於事。一種虛榮的現代化，跟那些設計得很流線型卻並不好使的設備差不多。我在外面也等得沒耐煩。那種靜謐，轉換成了窒息，而且平添人們的焦慮。現代西方發現了人命關天（人的價值），卻也同時發現了人命危淺。他們的科學，開拓外界到極致，微觀至電子電腦，宏觀至宇宙航天，醫學內掘至基因、遺傳，卻發現了人類的種種先天缺陷，而無濟於事，彷彿上帝捏人之際的不經意疏忽，人在後天已經無奈。醫學發現所掀動起來的倫理驚悸，無非平添了人類的自私而已。惜命的焦慮，更加凝聚於享受；歡愉的方式更短促，使最短促的快感反而最具價值，仿造和複製快感的手段一日千里……。護士推出傅莉來，「活檢」手術很短。當天沒有結果。

沒幾天，外科醫生辦公室來電話：活檢結果是陰性（negative）的，也就是說，不是癌症。我驚呼一聲，如釋重負。我的釋放，只是想找個人聊聊，拿起電話卻想不起一個合適的人來——這個尺度，精確彰顯了我們的交往空間。癌症、乳腺、倖免、苟且……，這個話題的私密性，比政治話題不知道要狹窄幾百倍。最後撥通了普林斯頓的艾達。她卻毫不驚奇，說如今這是家常便飯，哪個女人不做活檢（every woman did biopsy）。可見美國的社會醫療成本有多高，而婦女有多受罪。回頭看去，我是驚若寒蟬了。雖然我的恐懼，常常將我引向莫名其妙的向度，去做些徒勞的庸人自擾把戲，但傅莉挨了那一刀不久，專家們就開始討論婦女乳腺檢查的高頻率和低年齡段是否必要，就更加重了我們的枉然感。而且，惡劣的美國保險制度，也把他們無理拒付的一堆債務留給我們。

經歷了傅莉的這場虛驚之後，我似乎更爲脆弱了。恰在此刻，我發現聳立在花壇中的雪松，整株枯黃了。它枯黃的時間非常短促，那一身冷峻的煙藍，竟如同絢爛的櫻花，一眨眼工夫，針葉零落成泥，連繽紛的一瞬間也不曾有過！打電話去請一位「樹行家」（tree expert）來，他蹲下來撥撥根部的土壤，又撚撚那枯黃的針葉，末了說他看不出任何其他致死的原因，「除非就是因爲你矯正它，」他指指那根厚木板，「你們拉的這一把，也許拉斷了一側的根鬚，慢慢它的根部全壞死了。」我還記得它那挺拔的身姿。它是我整個室外園林的靈魂，甚至是我們遷來這新居的一個驕傲的象徵。我不知道它死去，意味著什麼災難在後面，但是我的無知和委瑣卻殺死了它。

冬：寂靜中沒有顏色

〇三年初，一場自九六年以來最大的暴風雪，挾帶強風捲起漫天細碎雪花侵襲美國東岸，能見度很低，機場、公路皆關閉。冰雪壓斷樹木和電線，大面積地區停電。

我在東岸住了十幾年，還從來沒掃過雪。不使蠻力、也沒什麼臂力，卻靠腰身之靈巧旋轉，鏟起一大塊雪，甩向身後，此乃二十幾歲挖防空洞時練下的功夫，竟施展於今日鏟雪。兩小時裡，清出十三米長的門前車道，也算遷入新居以來強度最大的勞動。看到鄰居都有柴油鏟雪機，價格是割草機的兩三倍，一年難得用上幾次，我想罷了。只要雪不至下得太大，我這老腰身還能拚兩個冬天。

可星期六又降了十八英寸大雪，我抓瞎了。那雪整日不停地下，上午鏟一遍，未幾又被蒙蓋白花花一層；下午再鏟，傍晚又是紛紛揚揚。第二天一早大雪封門，積雪的厚度，已不是雪鏟可以對付的了。我觀察沒有鏟雪機的鄰居怎麼辦？對門那家竟是一種「割豆腐塊」的辦法，以雪鏟先隔出小塊，逐漸蠶食，倒是單人徒手對付尺深積雪的妙法，腰身負荷亦勉可承擔。下午我如法炮製，兩個小時幹下來，才覺得這不是五十多歲年紀的活兒了，扭壞了腰可划不來。還是得花錢買機器。

午後我在溫煦的陽光裡睡十分鐘。二樓那間臥室朝南，整個白天陽光充足。不是冬天的話，要拉上窗簾才行。冬日裡正午陽光灑滿半張床，撿個枕頭躺下來，猶如躺在夏日的海濱，而窗外積雪耀眼，正在一場一百五十年來東岸最大暴風雪（blaze）之後的平靜中。室外正融雪。清晨可在華氏零度之下，我拚力掃出一條車道，卻幾日不出門，仍可與傅莉披晨光、呷咖啡、賞雪景。電視晨間新聞裡是霧濛濛的高速公路上滾動的車流……，十多年前的一場車禍把我們扔到這兒來，一個陌生卻有點舒服的時空裡，絲毫找不到我們前緣的蹤影，彷彿這棟房子孕育了我倆。沒有來源，屋裡彌漫的甜逸也失去了含義似的，有不可承受之輕；對比外面紛亂殘酷的世界，室內溫馨一如隨你揮霍的陽光。整日飯菜、復健、網路，不與外面溝通，內心空洞卻平靜。

心理學視人爲社交動物，人不社交乃病態，自閉是憂鬱的一種，可置人於死地。其實這是泛而言之，不能解釋某些特殊情境。傅莉的原始性格，社交極爲慎重，不苟言笑。她這種人避開公共場合才覺得舒服自在，一出頭就緊張、費神，要鼓足勇氣去應付。那種勉爲其難，非我可以體會，因我是個「人來瘋」。

過去看她在外面莊重自敬，很是佩服，現在才知道那是一個弱點，是強撐的嘴臉，受了重傷後就撐不出來了。她不願見人，我一直認爲是「要面子」，是過去爭勝好強的性格在受傷後的反應。其實我看得很膚淺，是常情下的俗見，也是醫盲，沒有看到一個病人的特殊性。假如一個人原是極重自身形象的性格，重傷之後毀了形，其內心明瞭於此，便自動要求自己外出時加倍付出精力去強撐嘴臉，這種附加的要求是透支型的，竭盡全力的，以致自身會反感、嘔心、牴觸。這才是她的眞實處境，我卻久久未能體會於萬一。

更甚者，是她因殘疾，而無法在公共場合隨機保護自己的體面，每每當場失態，也在事後備受折磨，喚起她內心強烈的屈辱感和悔恨。這才是她拒絕外界的理由，是合情合理的，不是病態。病態反而是我逼她出去，我怕外面說我們自閉，要她去「展覽正常」，她力不從心，告饒於我無用，就硬頂。二〇〇三年春她不得不陪我回北京奔喪，承受種種難言之苦和反應不及。她淒厲地要求這個社會給她一點殘疾人的遲慢的權利，但社會是不理會的。她只有躲回自己的巢穴。也許即使她有憂鬱症也只能看心理醫生，而非一味去公共場合「硬交際」；後者帶給她的恐懼毋寧是增加她的心理

她到公共場合屈辱感很重。

問題，比如她至今還在擔心我接觸外界會受騙、上當，引來種種不測，並注定要禍及於她。

從我們房子的後窗望出去，是一小段谷地，或者是一段乾涸的河床。西側是高坡，東側則爲低岸，大概因此我們這條路叫「春谷」（Spring Valley）。我們把在盡南頭，橫跨東西，谷底到此結束了。

建築商在西側高坡蓋了一排住宅，也在東側低岸蓋了另一排，兩排住宅的落差空間，皆爲陡下去的大斜坡，是極好的草坪，冬季被大雪覆蓋，恰是孩子們的滑雪場。自然，也是我們的一個好景觀。我覺得，有時候雪原比綠茵更清爽、養眼，更有內容；冬季也比春夏更壯觀。秋天反而是最慘的，秋風掃落葉就像一場憂鬱症。

從這裡望出去，每個冬天都不一樣了，而冬天的每一段也不一樣。比如二〇〇七年，一月分是從未經歷過的一個暖冬，幾乎未見一片雪花，霜凍甚至也是罕見的，草坪還是綠油油的，而且那草並不長高，不用去割它，室外溫度都在華氏四十度左右，有時還到六十度。受到南邊大西洋暖流的頂托，加拿大的寒流下不來，東岸失去了冬季。忽然，一個寒流從西岸下來襲擊加州，再橫掃西中部，又往南肆虐了密蘇里、德州，臨近墨西哥灣，卻被那裡的暖流參雜進來，一路製造冰凌，割斷電線和樹木，到了我們這裡，卻只剩下一點雪花，落到溫暖的地面就融化了。

誰知到了二月，加拿大寒流突襲美國，甚至凍死人，威斯康辛州部分地區降至攝氏零下二十四度，加拿大的氣溫則跌破攝氏零下四十五度。我們這裡也是「十一年來最冷」的冬天，室外凍得手生疼，多年沒有這種感覺了。加拿大的一位資深氣候專家說：「每個人都問冬天哪兒去了？現在冬天來了，我們成爲世界上第二冷的國家。」原本有人嘲笑氣候專家將「名譽掃地」。這麼一個抽瘋的冬天，也讓人類驚恐不安的「氣候變暖之說」變得令人懷疑，它或許是一個長程概念——幾百年、上千年？

二〇〇九年那個冬天，令我想起一本蘇聯小說《多雪的冬天》(註)。歲尾某日，一夜無聲的大雪，足足二十英寸厚，在德拉瓦是百年未遇，電視裡說整個東岸一大早有四千起車禍、兩千多次航班取消。我們只能怔怔地從窗口望著車道、草坪上覆蓋的厚雪，無計可施。此時我已買了一台掃雪機，還沒怎麼使喚過它，因爲冬天一直沒

註：《多雪的冬天》是蘇聯作家伊凡．沙米亞金（Ivan Shamiakin，1921-2004）於一九七〇年發表的小說。其作品反映現實問題發人省思。

雪；況且我車庫裡的汽油桶也是空的……。來年二月初，又來了一場特大暴風雪，人稱「末日暴雪」或「雪魔」（Snowmageddon），但留給我的記憶，只剩下掃完雪後的渾身疲乏和虛脫——白雪皚皚好像就是無聲的象徵，寂靜中沒有顏色。

二○一一年元月底的另一場風雪，在「德拉瓦流域」形成雪雨，傍晚風雪正在興頭上，天地一派灰濛濛。遠志明從加州打來電話，告訴我《河殤》另一位總撰稿人王魯湘的妻子胥繼紅，罹患癌症垂危。她是「河殤群體」裡第一個罹難者，比傅莉還年輕好幾歲。二十年前她們一群「通緝犯妻子」，被傅莉攏到我們家的那個居室裡，抱作一團，相濡以沫。當時，我和遠志明亡命天涯，王魯湘、謝選駿皆被捕，傅莉以大姊姿態羽翼太太們，那是她最光彩的時日。二十年來王魯湘堅不出國，後來幾經周折也做了電視節目主持人，國內稱「大腕級人物」；可是胥繼紅不甘心兒子在國內受教育，托人捎信，跟我討論他們出國謀生的可行性，那還在我們出車禍之前。之後我們就斷了音訊。於是我問遠志明，他們的兒子出來讀書了嗎？他說，據說那孩子曾在英國讀的本科，現在好像在紐約讀研究生呢。

我在《離魂歷劫自序》中，曾引述傅莉來信描述「六四」後孩子們的淒涼，其中

六四後，傅莉以大姊姿態羽翼「通緝犯」妻兒們。

提到我們的兒子蘇單，小名貝貝；遠志明、劉麗莉的女兒嫻嫻，王魯湘、胥繼紅的兒子兮兮。當時傅莉給貝貝過十歲生日，貝貝不肯邀請兮兮，只因「他有爸爸」（當時王魯湘已獲釋），卻只肯讓「也沒爸爸」的嫻嫻來，而她只有三四歲大，竟把王魯湘認作「爸爸」。這些細節令太太們心碎。設若如今兮兮在紐約讀研究所，蘇單此時恰在紐約一家癌症醫院實習，而嫻嫻從哈佛大學畢業後，也在紐約做事；當年的三個「通緝犯」子女，而今皆在紐約，卻互相不知，即便相知也未必來往。他們的童年，也如嚴冬裡的「末日暴雪」，已成一部無色的默片。

第五章

偷蘋果的少女

蘋果意味著她的一段歲月。是削蘋果把她領回那個年代去了呢，還是那個歲月裡的蘋果將她滯留在那裡？車禍十年光景之際，她還沉浸在那偷蘋果的童年。

飛回掏鳥窩的年歲

皓月當空，我倆好像第一次如此享受月光。在我們後院的露台，一張中國製的鑄鐵圓桌上，一盞蠟燭在無風的夜色裡閃爍，天幕上的星斗都被明月掩走了光芒，只偶有點點移動的星光，彷彿來替代隱退的群星們；有的竟在重複不變的軌道上疾行而去，打破夢幻似的提醒你：原來那是夜行的航班……。

「黃大大一到中秋節，就領著我在院裡轉，講月亮上的故事。」傅莉在月光下剝著開心果說。她是等傍晚的暑氣都消退了，才下來擦淨露台上的圓桌，坐著等我。我端來碗盞、葡萄酒、蝦米乾絲湯和醃好的雞肉，再去架好烤爐。此刻露台上已經涼快起來了，而我們這「春谷」裡的家家戶戶，多半還奔波在下班的車流裡往家趕，大部分還沒開始晚餐呢。我前一天就醃製了「加勒比海」風味烤雞，放在冰箱裡。又燒了一大鍋河南風味滷麵，用紅燒肉加長豆角，跟麵條拌在一起再蒸，兩樣都是爲了此刻的中秋。月亮正當面地掛在我們上空，那股纖白，把裡頭的桂花樹和月兔，都襯成淺藍色了。如此賞月，眞是人生頭一遭。

「黃大大跟妳講到吳剛沒有？」

「沒有。只講到什麼樹呀兔呀的。我要是住了幼稚園，就聽不到這些故事了。我在幼稚園老害病……。」

她至今還是只有她的黃大大。我跟她說：我在《離魂歷劫自序》裡寫了妳從小跟黃大大的這種關係，妳媽媽讀了很難過。但她不太懂。她從小的家境，其實很殘酷，不需外面社會再加多少殘酷就已經扭曲了她們姊妹。她七歲那年父親病逝前，家中已爲她哥哥雇了一位奶媽黃大大，這位蔡姓婦人雖不是寡婦，卻未有生養，男人也遭變故不知去向，正巧落腳在這塌了天的傅家，是傅家寡婦身邊剩下的唯一大人，又是婦道人家，自然成了傅莉她媽媽落難中難得的幫襯，不信任也得信任，也就多了另一支頂梁柱。這兩婦人膝下五個孩子，老四老五尚小，塞進幼稚園了事；唯一的男孩自是傅家獨苗，黃大大呵護有加，也不過盡一份保母的責任而已。她要在這家裡找到她死磕下去的理由，則需要生出一個婦人所要的念想兒，一個指望，那便是傅家排行第三的這個妮子，才七歲，是養得成的。傅家四位千金，不缺這一個了。傅莉七歲失怙，其實暗暗被另一婦人收養，白撿了一個媽。文革一來，機關造反派攆走了黃大大。不久姊妹們各自下了鄉，傅莉在南陽社旗縣蹲了兩年半，招工回城後，到開封又找到她大大，沒多久大大就癱了……。她們的媽媽「恢復工作」後曾請大大回來，因爲當初曾許諾給她養老送終的，但大大堅決不回，她是死了心了。

這段往事，傅莉從前對我絕口未提。她對大大的情感深入骨髓，一直埋在心底。而「心底」的含義，在心理學上可能是塵封的舊記憶、潛意識，平時不再被人提取，似乎遺忘了的，人甚至不知曉它的存在，要到「潛意識」（subconscious）的境地，它才會浮現。此刻賞月她又提起大大來，近來也常叨叨她大大如何教她做人，我卻覺得有些不眞實。以傅莉平時的教養，似不會來自那開封市井中的蔡姓婦人，毋寧是一種天生的潛質。

她曾多次提起：「上小學的時候，我大大總是悄悄給我一分錢，讓我買一塊糖吃。我不總是買糖，也攢下一點，去買彩色蠟光紙來刻剪紙。小學老師發現了，很驚訝我居然有錢買東西，還去找我大大核實過。」那些年代裡，她們傅家因父親早逝而家境頓落，靠母親一人工資養育五個子女，又逢六〇年代的大饑荒，河南飢餓的狀況是駭人聽聞的。那時傅家如何度日已不可追尋，但黃大大護著胖妞不挨餓，這個恩惠深藏在她的記憶底層。

人的記憶庫是一個巨大的祕密。人對自己儲存了多少是模糊的，因此失去什麼也是不清楚的。從傅莉的個案來看，腦傷損壞她的記憶含義，可能是抹去了她新近幾年留在表層的記憶，卻將庫存深部的記憶暴露出來，那些年久日深的東西竟然是連她自己都並不清楚的。

一分錢買一塊糖，或者一根冰棒，這種童年的瑣碎事，一定會儲存在每個人的記憶裡，但是一般人是不會去提取它的。傅莉到了四、五十歲的年紀，忽然耿耿於這些細節，究竟意味著什麼？是否意味著她一直停留在童年不往前走了？這是人的記憶功能的控制力嗎？可以把你的生命整個停滯在某一階段上，從感覺到思維？這是所謂「幼稚化」？無法再次成長爲成人了？我也才開始知道所謂「遺忘」的意思是什麼；傅莉所「遺忘」的，恰好是當下。

九九年的一個冬晨，我在廚房打豆漿，傅莉坐在餐桌旁，悽愴的說她的黃大大：我媽說了要給我大大養老送終的，所以每個月給工錢很少，可是後來文革裡機關群眾把我大大攆走了。我大大不姓黃，是嫁了一個姓黃的，還是個抽大菸的；她也沒有生養，針線活兒也不好，剛來我家做飯也不怎麼會，後來慢慢學的……。

黃大大比她媽還年輕一些，若活到兩千年的今天，不過七十來歲。我對傅莉說，我們結婚那會兒，她一定隨妳一道來我們家過，蘇單一定是她餵養大的，傅莉默然無語。我曾問傅莉哥哥，黃大大是哪年被趕走的？他說是七四年，文革中黃大大揭發他們媽媽，他至今不知道揭發的是什麼。她哥又說，如今我們都這把年紀了，不要老把這些事掛在心上。我解釋說，主要是傅莉記憶斷裂，埋在深處的記憶一直拽著她。

傅莉是一個「水果大王」。她吃水果比吃糧食多。我跟她結婚之初，她是直接從鄭州郊區的果園，成筐蘋果買回家。甚至人家問她皮膚怎麼保養得這麼好，她不假思索地說：「你多吃水果！」

她車禍出院不久，有一晚我們吃魚麵。她吃了一大碗，然後就通吃一遍水果：蘋果、梨、香蕉。吃完又跟蘇單說：「給我拿一罐可樂。」蘇單忘了，她又跟我要。我拿了一罐給她，就慌著去寫東西。不一會，聽她在廚房裡嚷：曉康，過來，你看……。我過去一看，她嘔吐得滿身都是水果渣、可樂汁。只好趕緊給她洗澡。

她死過一回，吃水果更瘋狂了。在殘障的生涯裡，除了水果，她從不跟我要別的東西。偏偏我是一個對水果沒有感覺的男人（是不是很多男人都如此？），每次跟她說出去採購，她總不忘提醒一句：蘋果！假如我忘了，她會哀傷，說人家不能沒有蘋果嘛……。

每天早飯後，她默默做完一遍物理治療規定她要做的撐胳膊踢腿的鍛鍊，然後就坐到餐桌邊，拿起一個蘋果削起皮來。她邊削邊講，講的是她永遠講不厭的一個段子：

「我們機關的阿姨不知道多討厭我。我跟一群男孩總去果園裡偷蘋果。你知道我們婦聯院裡那一個蘋果園吧？還有一個葡萄園呢。那些蘋果其實還沒熟，就讓我們給摘了，現在想起來眞是糟蹋，可那時候就特別想去摘。〇三年回國我還問我媽，妳知不知道我偷蘋果的事？她說她不知道……。」

蘋果意味著她的一段歲月。是削蘋果把她領回那個年代去了呢，還是那個歲月裡的蘋果將她滯留在那裡？車禍十年光景之際，她還沉浸在那偷蘋果的童年。

我們這小鎭往北不遠的一個大學城裡，有一家小型中國超市「遊子園」，居然有玉米茬子賣，令我喜出望外——不吃玉米在美國居然是不懂「營養」，叫我們這些年輕時在中原把玉米糊都喝噁心了的人，只覺得冤枉。

「要配上紅薯來熬玉米茬子粥，那才好吃。」傅莉說，西人超市裡那種紅薯跟河南的不大一樣。我們從此晚餐不再熬綠豆粥，改爲玉米茬子粥，配以紅薯、棗、花生等。用烤箱烤紅薯也不錯。傅莉邊剝紅薯皮邊說：「黃大大給我點零錢，我攢起來去買烤紅薯吃……。」我對她說，別老是「黃大大」，妳沒感到妳的記憶一直停在幼年不往前走了？她似乎懂這個意思。但她還是要回到她掛在嘴上的那個年代裡去，說「困難時期」他們家還養過兔子呢。——那自然不是當寵物來養，而是補充肉食。

有一天，她忽然說起小鳥來了。「我們家屋簷下有個鳥窩，我爬上去把鳥蛋掏出來，拿回屋裡孵出小鳥。我大大讓我再放回去，因為鳥媽媽會來找的。」

她說起掏鳥蛋故事之前，我十幾年都依稀記得一個女孩和一群野鵝的動人故事。*Fly Away Home*，（中文譯成《伴你高飛》或《返家十萬里》）是一九九六年的一部電影。艾米十三歲時在紐西蘭的一次車禍裡失去母親。她父親是個怪癖的發明家，把她帶回加拿大撫養，女孩卻無法忍受新的生活，直到她在被開發商砍伐的樹林中發現一堆欲待破殼的野鵝蛋，她細心照顧，成了「鵝媽媽」。沒了媽媽的幼鵝必須在冬季飛往南方避冬，但誰能帶牠們去呢？最終，艾米在父親的訓練之下，兩人駕駛兩架超輕型飛機，完成了鵝媽媽的任務。

艾米在參與了一種保護、撫養和帶領移居的過程中，修復了她自己。其間的環保含義，反在其次。當年我看得淚水漣漣。那時的心情，似乎更多地應在蘇單身上；他也是一個沒了娘的孩子，卻要在尋常生活裡掙扎出自己的未來，不會有那麼多傳奇或野鵝蛋在等著他。這孩子後來自己走出去了，沒有輕型飛機也沒有南飛雁的伴隨，就是他自己。

差不多十年後我又在閉路電視上看它，也拉了傅莉一道看。這次卻是心情應在她身上。我想讓她知道，艾米其實是車禍失去母親後患了憂鬱症，對外界的一切，都失去了興趣，這種心理狀況，由於她偶然撫養了一群野鵝而獲得解脫；相比之下，電影裡其他的情節和含義，都是次要的。但是我知道，艾米的野鵝替換、化約不了傅莉的小鳥。那小鳥背著她的那段生命飛來找她，恰恰是她唯一擁有的、差點兒就永遠失去了的一個她。可以說她回憶起這隻小鳥，也可以說那小鳥銜回了她的童年給她。

說來也奇怪，就在我寫這些文字的日子裡，有一隻灰背紅腹的小鳥，每天清晨趁著春光，飛臨我們房子東側的樹枝上，雀躍著往窗櫺上攀爬，用牠的尖喙啄玻璃，怎麼也轟不走。連續三日後，牠竟跟我逗悶子起來，在窗外見我過來，就飛到另一棵樹上，我一走開，牠便跳回來；後來，這邊轟牠，牠竟繞到屋子西邊的另一扇窗戶外的樹枝上，玩同樣的把戲。如此延續月餘，每天必來「敲門」報到，彷彿要回家來似的，令我傷感。

「將來妳能享男人的福」

我們不問津「韓劇」，傅莉卻離不了國內流行的電視劇。她把自己封在家裡，上午鍛鍊，下午看網，唯有晚間的電視劇是唯一的娛樂享受，不能剝奪，否則生活對她太枯燥。

我之隨著傅莉沉溺影劇，是老之將至的一縷心態反彈？五十五歲了，在西方看不見前途，毋寧只剩下淒涼暮年，封閉在一個二人世界裡。流亡、邊緣、孤僻、自閉，也無生計的憂慮，在最發達的資訊與消費中心，憑藉網路和CD影像去懷舊一個前現代的故鄉，而那裡的一切話語、情愫都是模仿這裡早就遺棄的牙慧、垃圾、泔水。我這樣的退化，無疑是再次失去了自己，而這跟年紀無關，毋寧是一種心靈的乾枯。我早就失去源泉，或者說那源泉只是傅莉的回返；她回不來我就只有乾枯下去？其實，美豔男女的大陸通俗劇，於我或是一種鄉愁的告別，或是一種窺視，對外界的窺視，從一洞中朝外面找新鮮玩意兒的心態。外面都說我得了「自閉症」，只有我自己知道內心的不甘和欲望的掙扎。

國內電視劇興起一股「老三屆青春無悔」片種，謳歌莫名其妙的理想主義，還以幹部子弟的什麼「血色青春」爲時髦，以對比今日的人欲橫流；彷彿中國這一代人，在毛的暴政時代才有過最純潔、最道德的情操，除此之外都是酒色財氣。這種「後毛」論說，恰是把「野蠻」當「純潔」的一道「大陸風景線」——老三屆的愚昧、瘋狂，才是更可憐的無情無義無人性。離奇者又在，中國話語裡「革命加愛情」一直是最高情操，這大概來自蘇俄文學，經由新中國文藝改造後便成了唯一的「情操詮釋」，至今凌駕中國文壇；恰逢「老三屆」一代人懷舊發作，於是氾濫影壇？

不過，傅莉看這類電視劇，卻生出另一番感慨，常常提及她少女時的愚鈍，似乎從未經歷「情竇初開」的感覺。「那會兒在南陽社旗縣插隊，我們屋裡三個女孩，都是十四、五歲，她們兩個都有男朋友，我卻成天傻呵呵的，一點感覺都沒有。」她說她不像電視裡的女孩們，從來沒有產生過要找個男朋友的想法，也從來不覺得男性有什麼吸引力，所以拖到二十八歲還沒戲，急得她媽媽只好出面張羅。

我過去一直覺得她要麼是觀念保守，要麼是性格拘謹，才對男女情事不大開竅。現在回想起來，人當中也許有性別感知比較不靈敏的一類，也有感知比較靈敏的一類，這大概是基因上的差異。她這種秉性倒是一項福祉，叫青春期沒那麼煎熬、分心，情緒也相對比較穩定。她這樣的人，性情裡沒有太多欲念，情感比較單一，做

插隊南陽的三個傻妞，左邊高坐者為傅莉。

事也不大受情緒支配，這是她穩重、拘謹性格的生理基礎，加上她五官端莊，身軀苗長，膚色白皙，便有一副冷峻成熟之美；那就是當初吸引我的地方。這樣的女人，便也有緊硬的一面，少了矯情溫順之媚，從小驕橫也是這個緣故。長大後行事嚴謹，待人耿直，有時竟剛烈難折，也是這個緣故。她這樣的性情，在傳統禮教底下，不遇事則罷，遇到就會抵死一拚成烈婦。「六四」後她凜然作「叛逃者妻子」的領頭，動不動邀集一群太太在家聚會，故意向當局示威，是她一生裡性格的具現；從那時她的幾張留影中，就可以看到一副死磕的英氣——這樣的女人是做大事的。女人稍剔去一點兒女情長，就勝似男人百倍，可惜她生不逢時。

傅莉偏愛「知青」題材電視劇，自然因爲她有「插隊生活」的歷史，可我發現她的記憶，跟大眾經驗很不一樣，她一直說農民的好話。「村裡人都說我們是三個傻妞。我們去河裡游泳，全村都會嚷嚷：『三個傻妞洗澡呢』。隊長對我們可好了，不派我們重活，但是給我們的細糧比粗糧還多，還擀麵條給我們吃。我們那兒產大米哩，附近的知青都眼饞。後來她們倆走後門參軍去了，我落單兒了，只剩下一個人還在隊裡，會計的閨女薛妞妞就來陪我住。我們隊長看不下去，跑到公社去給我要招工指標，我這才回了城的。」

我們二樓的主臥室朝向東北，是房子的陰面，難得有陽光，白天陰冷。到了冬天，每晚睡前我們倆一塊兒熱水泡腳，一人一個腳盆。她跟我結婚後，腳就一直犯一種像是乾癬的皮膚病，從未治好過，她說是懷胎期間落下的病，兩個孩子奪去了她身上某種營養。車禍後哪裡還顧得上這腳丫子，那腳底結了一層厚皮。誰知熱水泡腳竟有奇效，兩隻腳都清爽起來，大概血液循環好一點了。於是我天天給她泡腳、搓腳。有時候我上樓晚一點，她也可以自己泡腳搓腳。我們泡了腳熱呼呼地鑽被窩，她總要聊一陣，大多還是她的童年往事：如何偷機關果園的水果，從背面去看統戰部的內部電影，她黃大大如何給院裡的小孩都起上外號……。

有個冬夜傅莉說：「小時候我大大就說我，將來妳能享男人的福。」

黃大大告訴胖妞，她自己嫁的那個男人是抽大菸的；也許因此不肯養育，對她一手養大的胖妞，自然寄託了一個女人的夢。但這個預言應驗了嗎？傅莉似乎對此深信不疑，她從來沒有懷疑過我對她的感情。是她壓根兒不願往那邊猜想，還是深信她大大的預言？她嫁給我除了得到一個兒子是眞實的，其餘都是虛幻的東西，並不算幸福。先者，我招引政治麻煩，去國流亡，她跌入一種前途未測的困境，甚至丟了她醉心的醫生行當，失去了大半生活樂趣。這她是意識到了的，但也只有些傷感罷了。對黃大大預言的最大否定，就是這場車禍，將她幾乎摧毀，卻也是在此之後，她才眞正「享」起「男人的福」來；一個男人爲了贖罪而供奉給她的「福」。——外人皆言，輪到別的女人遭此劫難，男人一定棄她而去，而我彷彿是被陰間的黃大大給罩住了，一絲逃開的念頭都沒出現過。

不知道那個不幸的女人是如何向胖妞傳授女人的直覺？傅莉的氣質，更多來自生母還是這個養娘？沉潛、孤傲、正直等，可能來自生母，但霸道、不服輸、不饒人等，可能來自她的大大。說實在，傅莉對男人是沒有感覺的，並不能判斷什麼樣的男人才算好，她只是很直覺地排斥一般世俗女人的擇偶感覺，比如以外貌、地位、身分取人，也從來沒聽她說過直覺上她喜歡什麼樣的男人，所以她擇偶全憑理性，但這種理性其實是另外一種「世俗」，如男人要有才能、道德、責任心等等，她倒是可以憑直覺判斷一個男人身上有沒有這些東西；對我，她是看得很準的。

〇七年夏天我們有巴黎之行，是應老朋友譚雪梅之邀，去玩了一個禮拜。到戴高樂機場來接我們的，卻是流亡在巴黎的北京大學歷史系教授張廣達和他的夫人。張夫人徐庭雲老師手臂上搭著一件羊毛衫，一見我就給我披上：「巴黎比你們那兒涼快得多。」

十八年前，張廣達教授在「六四」屠殺後三週，到巴黎的「聯合國教科文組織」訪問，從此「自我流放」，再也沒有回頭，這樣的決絕，我認識的人裡，沒有第二個。我懂得他那「乘桴浮于海」的古意，但無法想像他所經歷的苦不堪言。他也當了政治難民，十幾年來不斷去巴黎的警察局排隊延長身分和居留。他是國際級的中亞西域史專家，懂好幾種已淹沒的古文字，在中國學界鳳毛麟角，流亡後爲了生計，便也只剩教書一途，什麼活兒都接，在巴黎高師、東方學院教過歷史、考古，也幹過給人家找資料的粗活；「除了餐館，啥活兒都幹，還擺什麼架子？」他說。

第二天早晨，老倆口請我們去中國餐館吃飯，一路上讚揚我悉心照顧傷殘之妻，我聽得愧疚不已，在龐畢度中心附近的街市上，忽然對他們說出一個祕密：「她媽媽，已是八十歲的老人，對我微微躬身，幾乎看不出來的，說小莉就拜託你了……。」然後我就再也忍不住抽噎。——那時傅莉正被另一位朋友推著輪椅，行在只見背影的前方。——對我而言，岳母的託付猶如利刃錐心，十二萬分地折煞我，像是老太太欠了我似的。

〇三年春我帶傅莉返京奔喪，傅家殫精竭慮想留下他們這個閨女，覺得即便是讓我給毀了的人，最終也是回到她自己的娘家才是歸宿。我也隱隱約約地聽說，我父親死前曾悄悄找過我岳母，懇求她說曉康也照顧傅莉很多年了，流亡艱難，還有一個蘇單正成長，不如接她回國來住一段，好讓曉康歇口氣。但是父親沒等到我就咽氣了，他的這番苦心也許永遠變成一個祕密。可是這一切都拗不過死擰的傅莉。她是一頭撞死南牆地跟定了我。她太明白這個世上不會有另外一個人比我更在乎她。這是她被撞掉了一切之後唯一給她剩下的直覺；或者，是她黃大大的那個預言，在冥冥中依然點撥著她？

我深知把傅莉留給她媽媽，不現實也不可能。岳母已經八十歲，怎還能帶一個殘疾女兒度日？而美國這邊，車禍把我們一家三口連筋帶骨地重造了一次，誰也不能跟誰分開了；我和兒子更是離不開她。但是，我從此帶走傅莉，問題卻變成另一個：岳母還能見到這個閨女幾次？她本能地害怕我哪天扔下傅莉跑掉了，誰來管她這落難海外的女兒？這是她終老也不能瞑目的事，叫她如何放心？在我，也還有另一層考慮，很怕岳母越老會越思念這個癱在「西方極樂世界」的閨女，彷彿當年我媽盼不回我這不孝子，而致栽倒街頭。我被這樣的後悔折磨怕了，不願傅莉重蹈我的

岳母還能見這閨女幾次？

覆轍；雖然她已顧不上這一層了。

○九年傅莉的哥哥嫂嫂赴加拿大探視他們的兒子，也彎來美國跟我們相聚了一個月。這兄妹倆自小感情最好，因爲他倆是黃大大的金童玉女，對他們有養育之恩，互相之間也是「惺惺惜惺惺」。我的這位大舅子，還小我一歲，是個電影攝影師，我們也比較談得來。半年後他們準備從加拿大回國了，我忽發奇想，對傅莉說，妳何不跟妳哥哥回去一趟，去看看妳媽？她八十五歲了，見妳突然回去看她，不知有多高興呢！她初聽之下，覺得滿有道理，卻只待兩日後，突然大叫一聲：你別想騙我回去！她恍然大悟似的驚醒，並不是裝出來的，著實叫我難受了一天。她連基本的安全感都沒有。不過，我若隨了她，實在是等於欺負她的迷茫。

也許傅莉的記憶阻塞，仍將她滯留在「六四」後的恐怖經驗中，北京和鄭州都成畏途；也許她反而是極端清醒，絕不願讓國內的親友目睹她的身殘形毀。她之抵死不肯回頭，百倍於我之拋棄鄉愿，已無法用親情來化約，卻成了添加給她的苦難。半年後，我們去一位舊友家裡小坐，他被美國公司派到中國做生意多年，說他往返跑得多了，有商務艙座位，可以讓給傅莉乘坐，到了北京他再租輛車，親自送她回鄭州一趟。我聽了又很動心，也順嘴勸了她幾句。誰想她一回家就大鬧：「你安的什麼心？

你逼我回國你自己想幹什麼?」雖然我知道她一貫的策略是說重話,但仍不禁悲從中來……。

蘇家有男初長成

「白大褂典禮」(white coat ceremony),在兒子入讀的醫學院附屬醫院內大天井舉行。蘇單說「必須穿得非常正式」,我們嚇傻了,翻箱倒櫃找不出一件合適的衣衫,夏裝西服我是沒有的,襯衣只找到幾件十年前在台北買的,那種緊身型的,也顧不得了,打上領帶就算「正式」了;傅莉則更無出門衣裙,只好以「女性可以隨便些」自我安慰,湊乎一件短袖。我倆與世隔絕十年,「衣帶漸寬」不自覺,社會的形式化於我們已經陌生。——其實到了大天井現場才發現,很多人都穿得極簡便,反倒是西服革履者寥寥無幾。

會場上黑壓壓坐滿了人。我推著輪椅上的傅莉,靠邊找個地方停下,朝學生席裡尋蘇單。後來找到了他那顆方腦袋,見到個側影,穿了件黑襯衣,打著領帶。典禮是幾位醫生先說些告誡的話,然後學生自己胳膊上掛件白衫,依次魚貫上台,由教授們套上那白衫。一百多號新生，很費些時間，家長們可以目睹學生一個個走過。我看女生幾乎占了一半，有色人種則占一半強，可知高教領域的性別、膚色景觀已大變。蘇單他們這屆新生是二〇〇七級，一屆學生多達一百四十人，而那白大褂只是件白上衣，胸前別一塊有名字的黑牌，比傅莉設想的醫生長褂短了一截；據說那是故意的，即告訴他們：你比醫生還差一截。

蘇單在行列間身材勻稱而稍嫌壯碩，中等個頭，一望而知是那種聰明的亞裔男生。我臨時買了一次性相機，竭力去抓拍他的身姿。這孩子有今日殊爲不易。在理論上機會平等的這個社會裡，他其實必須戰勝無數的限制、盲目、無助、怯懦、先天弱勢、不幸等等，才掙扎到這個台階上來，我們一點都幫不上他……。渾渾噩噩十幾年，我和傅莉倆並不知道兒子是怎麼經歷了美國那煉獄般的教育淘汰制度。

我只朦朧記得，他在大學三年級時，有一天自己開車去考場。「爸，我是第一個趕到的，三百道題，要考八個小時。」事後他像坐了一趟加勒比海遊輪似的向我彙報。那是進醫學院的全國統考MCAT（Medical College Admission Test），要本科平均成績（GPA）三十七分以上，才有資格去考。所謂資格，是西方訓練制度最嚴厲之處。醫學院的錄取比例是百分之一。兒子從一家普通的州立大學去考，他所面對的錄取比例就可能是千分之一了。這麼激烈的競爭，不是只靠苦讀書或什麼「笨鳥先飛」就能應付的，這孩子的智商不錯。

蘇單讀醫學，被解釋成因爲他媽媽車禍而終身殘疾，幾乎是不言而喻的。其實我也不知道爲什麼，但我覺得不是，而是有看不見的其他原因。我們這個兒子，大約很小就開始承受一種壓力，一般性的是來自母親的嚴厲，更無形的來自父親是一個公眾人物。哪怕「六四」屠殺後的「全國通緝令」、中央電視台大批判等等，都變成一種潛移默化的壓力，輸進他的單純記憶裡。後來到了美國這麼個瘋狂競爭的社會，無形的壓力也迫使他不敢稍微示弱或者有一點點苟且。一九九七年秋《離魂歷劫自序》出版時，他正被新興的互聯網勾去了魂，也要準備考SAT，大概沒細讀；英譯本二○○一年春出版時，他已經大二，讀得很仔細。他跟我說：「覺得你用的一些詞太大了，不好理解，所以又回過頭去讀中文版。」——「詞太大」在英文裡指那些不是生活裡的用詞，而是那種跟價值、道德等相關的詞。——他還說許多同學看他拿著這本書，也在網上看到一些評價，都想找他借書；「關於一個同學的家庭故事，大家都有興趣。」他來往的那個圈子，大多是亞裔男孩女孩，不是打算讀醫就是讀法律，他能選擇的空間其實也很小。

他進大學第一年那張笑得很開心的留影，以前並未引起我的注意。我一直視爲珍品的是另一張，在普林斯頓運河村，我們那間居室陽台外的水池旁，一株大柳樹下，他剛發育成一個男人，體魄渾實，臉龐豐腴、沉靜，壓抑的笑意，不再是孩提的單純，而微微帶點憂傷。當時大概是他高中的最後一年，被惶惑期和家庭災難輪番侵襲的可憐男孩。我眞是太喜歡兒子這個姿態了，把那張底片拿去翻洗了好多張⋯⋯。

我的心情，一直被這個姿態俘虜著，竟然對他另一個姿態的出現毫無覺察。兩張照片的時間距離，既是兒子的人生嬗變，更是我的心理寫照，我們並不活在同一層天。時隔六七年了，再翻出這兩張底片來，拿去放大六乘八，又費心去找這特殊尺寸的鏡框，裝幀起來，效果出奇的好。開懷大笑的那張，放在傅莉電腦桌上，一張漆黑的大桌都似乎跟著他笑起來。大柳樹下的，放在臥室傅莉的床頭櫃上。晚上躺在床上跟她說起這張照片，我又有了一番新的解釋：

「有句話叫『女大十八變』對吧？那是做父母的一個會心的隱祕，對這個孩子所獨占、擁有的發現，一生只有一次。但並不是每個孩子都會讓父母獲得這個發現，常常孩子好像再也變不出來那種驚喜，於是就擔憂和痛苦⋯⋯，我們因爲車禍，也錯過

蘇家有男初長成。

了這個發現。後來我才從這張照片裡找回來那個發現，所以特別喜歡。妳卻再也不會有了，這是挺大的一個損失。」

並不是女兒才有「十八變」，男孩也一樣。蘇單小時候長得好玩，憨頭憨腦，很招人。到七八歲那會兒，卻白嫩得像個女孩，又愛撒嬌。他注定要有一個從這種嬌滴滴裡蟬蛻出一個男子漢來的過程，也有「出落」的那一天。誰知道恰好在車禍後的那幾年裡，他十七、八歲那會兒，正是男孩子最叫人討厭的歲數。我們則討厭也沒覺得，他的蟬變也沒覺得，眞是可惜呀！

掐指算算，他十七、八歲，約在九八、九九年間，也是車禍後五、六年時，我正瘋狂地四處求醫之際。如今回想起來，那時周遭友朋每每都在感嘆「你們家出落了一個小夥子」，只有我們懵懂未知。例如旅居倫敦的好友嵇偉來看我們，見了蘇單就說：「你們有這麼好看的一個兒子呀！」——她曾在「六四」後從上海專程去北京看望傅莉母子，據說那會兒蘇單正像個女孩似的偎依在媽媽身邊。又如針灸師鮑醫生從紐約過來給傅莉針灸，也見了蘇單，回去後來電話說：「見你兒子第一眼就喜歡，是那種成熟的男孩……。」我卻紋絲沒被打動過，甚至有種少見多怪的感覺，或者覺得她們是找一句安慰的話來說說而已。——「楊家有女初長成」，那總會降臨每一個家庭的亙古滋味，我倆就這樣錯過了。

還有一層在我心裡默默傳遞的，是爺爺奶奶對這個孫子更深的牽掛。「六四」兩年後，傅莉堅意出國來尋我，也要帶走蘇單遠涉重洋，我媽媽事先知道後萬般不捨，每天跑到小學門口等孫子出來，拉著他的手就哭；奶奶不要說看不到孫子的「出落成人」，更知道再也見不到了。果然孫子還沒走，她就倒在街頭。爺爺接下奶奶的思念繼續想孫子。有一次，他在北京家中找出一張奶奶平時寫稿子的《光明日報》稿紙寫道：

蘇單：這是你的奶奶留下的舊稿紙，你奶奶去世已經九年多了，我利用這舊稿紙給你寫幾句，你就把它當成我們兩人給你寫的，因為你的奶奶也一定會同意信中的觀點。你還記得嗎？你的奶奶是多麼喜歡你呵！

……

兒子接了她的衣缽，傅莉似乎只有暗喜，更多的卻是擔憂，彷彿在她記憶中毛手毛腳的小子，怎麼能操手術刀？我對兒子其實也有點惋惜，因爲他大學選修英美文學，課程要寫六篇作業，他得了五個A，連那位老師都問他：「蘇單，你爲什麼不讀文科？」而且，無論什麼考試，他的英文總是比數學分數高，主要是寫作得分多。

醫學院讀到二年級末，他順利通過醫學博士考試，然後就逐一輪科實習。最好玩的是他在婦產科實習，告訴我們他已經參與接生了五、六個嬰兒，傅莉聽得有點荒誕感。接著他說他要確定專業了，五個月之內必須定下來，不能拖了。我們雖絲毫不懂醫學這個行當在美國的情形，但當媽的畢竟曾是個醫生，我們也須依據常識給兒子一點建議，我按照傅莉的指示寫了一個電子郵件給他：

關於你的專業，應考慮：一般而言，你比較喜歡做一個普通綜合型醫生還是專科醫生？再進一步，你更喜歡常規手段還是高科技輔助手段的治療？又進一步，你更傾向單一專科還是複合交叉專科？盡量不選擇要麼是太新的不成熟的、要麼是太舊的面臨淘汰的部門。傳統外科需要好身體、好視力和靈巧，因而受年齡限制，一般五十歲就太老了。你有沒有這樣機會：一個欣賞你的專科醫生願意你當他（她）的徒弟？

兒子的回覆是：

我想做的專業：腸胃科、泌尿科、矯形外科、眼科、普通外科、整容外科、放射科。

我的天！傅莉就怕兒子幹外科，他還偏就喜歡做手術。傅莉學醫時，因爲麻利、幹練，加上十指纖長，外科主任逼她幹外科，但她自知視力不好，堅拒這一行。——不過後來我們知道，如今美國醫院裡的手術，大部分是用電腦（機器人）做的。

後來蘇單選定泌尿科，大概一則病人多、市場大，二則是高科技治療手段。但他到紐約一家醫院實習泌尿科一個月之後，卻帶回來壞消息：說一位泌尿科老醫生告訴他，現在美國當個醫生已經不合時宜了，不僅工作時間長，很多醫生還買不起保險；更叫人沮喪的是病人也不再尊重醫生，跟五〇年代以前大相逕庭。所以他正考慮畢業後是馬上去做實習醫生，還是另作選擇；比如再去讀個別的博士學位。

這個變化是我未料到的，覺得這孩子是不是太精明了點？當初選擇讀醫是不是盲目了點？我想試著跟他說任何專業都會有其特定的困境和麻煩，但後來打住了，覺

兒子接了她的衣缽。

得也許應該讓他自己去面對眞相，找到出路。他剛進入醫學領域的第一步，怎能不遇到挑戰呢？他第一次有了一種他自己的幻滅，一如我們年輕時代在中國的那種政治幻滅。對他的幻滅，我卻首先看作是自私，認爲當個醫生哪能沒點奉獻精神，實在是迂腐得很。試想一個被美國訓練出來的學生，還怎麼要求他們放棄自我，他們又怎會不首先很現實地度衡自己的選擇呢？毋寧他們已經被選練成這樣了。

蘇單還在讀大學本科的時候，大約是二〇〇二年春天，張廣達教授夫婦應余英時先生邀請，從巴黎來普林斯頓大學訪問；五十年前他們在燕京大學曾是校友，卻沒見過面。有天張教授老倆口請我們吃飯，張夫人徐庭雲對傅莉說，這麼些年她先生一個人在外流亡，她只好信了主，把先生託付給上帝。傅莉也對她說：「我受難時上帝照看我的兒子，所以我信上帝，但我不去教會。」她說的是眞心話。對她來說，這既是一個終於可以描述的心情，也是一個剛剛找到的理由，說明她一直在心裡揣摩、分析自己的感覺。那種覺得被拯救的、幸運的莫名感覺，她從兒子身上找到了答案。

「快樂大腳」與「雞爪瘋」

清晨，雨水灑落窗外灌木，撩撥的滴答聲喚醒了我們，我也該支起耳朵，去接傅莉每天的第一句話：「早上我想……。」

今天這句卻是：「我從來是不欺負人的，爲什麼人家都說我厲害呢？」

「妳是很厲害啊，」我趁熱打鐵：「不過妳過去也很通情達理的。如今只剩下這點厲害了。」

社區尙在慵懶中，只有零星出動的汽車駛過，人們準備出門上班了。枯榮不等的草坪黃綠交錯，烈炎和暑氣正在驕橫地騰起。晨間新聞裡依然是凝固的世界資訊和無聊的美國新聞。

也就是前幾天，她腰板兒完全直了起來，跟正常人沒啥區別了，走得也快了一些，我才明白她哈腰了十年，其實不是所謂駝背，而是骨盆位置不正導致脊椎前傾。這是一年來物理治療的效果所在。治療師修復她癱瘓後的左右失衡，集中在她的腹部肌肉，似乎是骨盆部位功能操控著整個下盤。

美國的殘障物理治療，近年來技藝精進，據說是因爲伊拉克戰爭的緣故。解剖知識如「庖丁解牛」，知悉每一條肌肉之牽動，我卻不知道有何專練牽動骨盆的妙法，否則傅莉的恢復似可加快。做復健時也見到一些妙法，如使用氣球，我也去買了一個來，讓她置弱側一腿於球上，舉起腰臀，然後慢慢將另一側也離地。只靠弱側去控制柔滑的氣球，著力點皆在骨盆部位，每兩小時練一次，看看效果如何。幾個月下來，她雖走得比以前穩當，卻越發地哈腰。

仲夏的北美東岸，熱得晚些卻熱得迅速，一直在華氏九十度徘徊，傍晚達到最高溫。我們在後院露台吃晚飯已變得不相宜，常常，靜謐空曠的一條谷地裡，只有我們兩人在喝粥，卻是喝得一身汗。照例每天我做飯，傅莉自己提前去收拾那隻鑄鐵圓桌、擺好碗盞。一日，見她拎一隻裝碗筷的籃子朝後院走，我忽然叫道：

「嘿，都成了狼外婆去騙小白兔啦！」

我倆皆大笑一通。

她自小最忌別人給她起綽號，而她自己又最愛給人起綽號——兒子從小到大被她起了不計其數的外號。我說「狼外婆」並未叫她惱怒，可是自尊心卻被啓動了，下意識裡防止被人看成「狼外婆」，腰身不覺就挺直了一點。

她喜歡給人起外號原來是跟黃大大學的，而且一定要即興之下取的外號才渾然天成。其實以她們的習慣，親近之人才配起個外號，猶如暱稱，所以她這輩子的一大樂趣，是給兒子起外號。但外號畢竟是某種缺陷、缺點的另類描述，她自己偏就很忌諱外號；彷彿她是最完美的，完美得起不出一個外號來。「那麼，從來就沒人給妳起個外號？」我還真有點納悶的問她。過去總是一問她就惱了，這次她竟壓低了聲音告訴我：「其實她們給我起了一個『狐狸』，就是沒人敢當面叫過……。」這是我早就猜度到的，外號常常來自諧音，而她的名字太接近「狐狸」了，怎麼可能不被人構陷呢？「咳，我早就猜到了，不過妳現在是隻胖狐狸了，肥狐……，雪山飛狐得了！」

——眞是又一個渾然天成，傅莉連氣惱都沒了。

到了德拉瓦這邊，傅莉出門大致不用輪椅了，改用一種Rollators；中文大概叫「助行車」吧，就是帶四個輪子的拐杖。在殘疾人的恢復歷程裡，它是一個從輪椅過渡到拐杖的「轉型階段」。但你可能一輩子就待在這個階段也說不定。

轉眼秋涼了。傅莉瘦了許多，我帶她去找衣裳。在店裡翻試了幾件，未得一件稱心的，不是樣式怪異，就是尺寸不對——雖然成衣都是「中國製造」，但是越跟國際接軌便越「四不像」，傅莉也越沒得可買，就去必勝客（Pizza Hut）解決午餐。幾年來我們常去這一家，要一個大號的披薩餅，兩種餡料各占一半，店家亦很熟悉我們的口味，無須囉嗦。

停車後把「助行車」從車後拿出來給傅莉，我就可以袖手看她自己推著進餐館，我只需去拉開門把，就像一個熱心腸的路人。裡面櫃檯前站著一個女孩，十三、四歲的樣子，眉眼算是清秀的一個黑人女孩，我注意到她看見傅莉步履維艱地推車進門，蹙眉失色，愁容一閃，但不是好奇，也不是驚訝，叫我倒有些奇怪。我們坐下等披薩時，見那女孩離去，才明白了她的愁容：走在她後面的大人，是一個白人男子架扶著一個偏癱的黑人婦女；癱掉的那條腿幾乎不能打彎，有點像傅莉遭難初期的情形。

那天也真是奇，吃罷出來又見另一幕。到停車場，傅莉走得慢，我在車旁等候她，卻見她身後跟著一個姑娘和她的父母，姑娘牽著一隻狗，那狗毛色溜黑油光，身上縛著一個馬鞍形的物件，頂眞細看，竟是一個扶手，原來那姑娘不是牽著狗，而是依傍著狗背上的扶手行走。那種導盲犬是專門訓練爲盲人服務的，我從未見過不良於行者依靠那種狗行走。待他們走到汽車前，那父親拉開車後門，吆喝一聲，黑狗忽地躍進車去，馴良得叫人吃驚；姑娘則坐到前座去。那對夫婦也看見了傅莉，父親眼神矜持，母親則略帶一點暗戚。

這兩幕叫我了然的，便是殘疾人在世上，乃是相互一望而知的；其間神祕的溝通，未知是否只有那一點點「同病相憐」？——毋寧也夾雜著羨慕、嫉妒、自慚、慶幸等等。這一切到親屬身上，便不再掩飾，變得直露了。

○七、○八那兩年，傅莉開始獲得一種「室內自由」，我們房子忽然變得狹窄起來。尤其做飯的時候，在廚房侷促的空間裡，點燃了煤氣爐，灶上油鍋熱滋滋的，她一瘸一拐的忙著給我當下手，洗個菜或煮個麵條什麼的，常常把我撞得措手不及。我知道她開始「動」了，雖然離「利索」還很遠。前幾個月去看她的腦神經科醫生，聽他檢查後脫口而出一句：「進步很明顯呀。」

她剛剛能動得多一點了，馬上要訓練兒子「一手清」；那是她前半生的一個「祕方」——她的習慣，從生活到工作，任何事情都做得乾乾淨淨，絕不磨磨蹭蹭、拖泥帶水，也不會半途而廢，要緊的是生活裡的一以貫之。但是這個兒子還「可教」否？「他當個醫生，做事必須『一手清』！」她先用筆打個草，列數這「一手清」的要旨，再上電腦輸成文字，要我電郵給蘇單。

走動得多了，鞋要舒服，我去給她買了兩雙布鞋，七號和七號半各一雙，拉鍊鎖口，中國產品，看哪個號碼舒服。她穿在腳上，走起來吧嗒吧嗒的，大概左腳殘了不清爽。我聽這節奏數日後，忽然叫出一個她的新綽號：「快樂大腳」；*Happy Feet*，二〇〇六年好萊塢的澳洲動畫片，講南極帝王企鵝的故事。傅莉氣得七竅生煙：「從小沒人敢給我起過外號，現在叫你起了那麼多……。」——還在普林斯頓時，她也曾給我起過一個綽號，她記性不好也許忘了。二〇〇一年八月我滿五十二歲，我們的朋友艾達在她家給我辦生日派對，七八個朋友聚成不同話題聊天，我在兩邊插科打諢，很多年沒有那麼興奮過，連蘇單都悄悄跟媽媽說：「我爸怎麼那麼坐不住？」他則穩穩地跟媽媽坐一起，很安靜的樣子。有個朋友評論道：你看蘇曉康父子倆，顛倒了似的，兒子那麼沉著，老子卻眉飛色舞的。待回了家，傅莉說我：「你就是個『雞爪瘋』。」這外號概括我久被壓抑的心情獲得釋放，神似極了。

所以，快樂是一件很曖昧的事情。傅莉走路曾是悄無聲息的，步履極輕。她說：「過去在醫院裡，小護士最怕我值夜班，她們說：今兒都加點小心，傅大夫值班，她走路沒聲兒，站你腦瓜子後面你都不知道哩。」

「妳瘦了，又漂亮了……。」

復活節前後，頗多雨水。我倆又到了體檢的時候。傅莉的驗血單一向清清爽爽，所有指標皆正常，她的血壓也低得可愛；加上這次她約了婦科檢查，一切正常，診所裡的醫生、護士、祕書們，都連連讚嘆她「a good girl」。我發現美國人喜歡管病弱殘障的女人叫「姑娘」，不管她多大年紀。這稱呼彷彿也迴避了憐憫。我內心暗慼：我的姑娘那麼好的身體，偏是殘障在世。我自己的驗血單卻有點頭疼，因爲三酸甘油脂指數依然偏高。

晚春五月，剛送走一場冷風冷雨，未知春天還來不來。公路沿途林木皆已成新綠，那些櫻花樹滿枝頭的粉紅，婆娑著它們一年裡最靚麗的姿影，裝點了東岸風景最好的季節。

傅莉在屋裡走動得多了，我也朝外走動得多，但她無緣無故地連續跌倒三次；神奇忽然溜走，像一場夢幻又破滅了！第一次是在廚房中心島，她從椅子一起身，沒來得及站穩，就朝後摔了個屁股蹲。第二次在早晨，起床後她順手掃床，也是剛一彎腰俯身，就往後栽倒。第三次最危險，我正好出去買菜，回家見她身上濕漉漉的，原來她拎了一罐水，走到廚房中心島附近摔倒，人跌進水中不說，左額角眼瞼下腫起一大塊，不知道磕在哪兒。我先是氣她幹嘛要去拎水，旋即怕她又傷著內顱沒有，接著再疑心她的平衡突然失調，是否預示著何種更壞的變化？

恰逢腦神經科醫生的定期檢查，我便如實彙報傅莉近來連摔三次，他馬上問：什麼情況下摔的？我說有一次拎了一罐水，他說她沒那種能力，運東西必須借助工具，說著他跑出診室，把傅莉的助行車推進來，說這上面應該掛個框，可以放東西。他否定傅莉的平衡倒退。我又領她去看了一位矯形外科醫生（orthopaedist），檢查她的腳踝、膝蓋和腿的功能，說她的左腿功能基本完好，只是腦傷引起的左側虛弱（偏癱），使得體重不能完全轉移過來。此後物理治療師便針對這個問題，增強她左腿肌肉的訓練，並且事先告訴我們：有些功能癱瘓是不可逆的。

傅莉忽然叫右膝蓋疼。叫了兩週，我才當眞，給她熱敷加按摩，還擦紅花油，但只能短時間消痛。再去看物理治療師，她捋起傅莉兩條褲腿至膝蓋，發現右膝竟腫大於左膝；她說，溫度還不一樣呢，你摸摸，右膝是燙的。她又試了幾處壓痛點，然後拿了一個膝蓋模型來，指點給我們看；原來傅莉右膝髕骨韌帶拉傷、內側的軟骨也發炎。於是開始數週的治療：以冰袋降溫，並輔以電療周圍肌肉；然後再做幾項復健運動。傅莉不斷叫疼，有一次還要我問治療師：「我這腿還能治好嗎？」我沒敢翻譯過去。她從來沒有這麼害怕過。

這次「右膝危機」，是因偏癱年久，超負荷使用另一側的後果。我發現，也發生在增強左側力量的鍛鍊持續大約一年之後。這一年傅莉練得竭盡全力，居然練壞了好腿。她內心很恐懼，害怕好的一側也會殘廢。她的心理防線會崩潰嗎？我也很實際地想，她要是眞的連樓梯也上不去了，怎麼辦？

物理治療師謝麗爾（Cheryl）工作的那家物理治療診所，在離我們社區最近的一個商業中心裡，因此傅莉一出問題我就近找她，久而久之我們成了朋友。她視傅莉就像一個生病的女孩，每次治療時都呵護有加，我要沒耐性，她會呵斥我。她看上去四十來歲，對中國完全陌生，卻是一個達賴喇嘛的粉絲。二〇一一年春達賴喇嘛駐紐約代表邀請我訪問達蘭沙拉，我猶豫去不去，先去徵求她的意見，她一聽先是驚訝，然後拚命鼓勵我去，說傅莉在家沒事的。後來我還特意在尊者的官邸拿了一本英文版《四聖諦》，達賴喇嘛講的佛法基本，帶回美國送給她。這是後話。

右膝治療四個禮拜之際，傅莉的疼痛明顯減輕，可是左側的問題又出來了。她半夜起身去廁所，總是推著那輛室內助行車，一次我偶然醒來，聽見她有一隻腳很沉重地蹭著地毯，幾乎抬不起來似的，無疑是那隻左腳。早晨又發現，她起床的動作比以往僵硬，左腿打彎都很費勁，要吃過早飯，才見舒緩。這是怎麼回事？

我跑去問謝麗爾，她說可能右膝蓋損傷後，體重會自動往左側轉移，重量一壓上去，本來就是弱側的有限功能一時難以承受，她安慰我說：「這不見得是壞事，或許是一種調整。」叫我驚訝的是，很多年來傅莉的體重不就是不肯往弱側轉移嗎？連傅莉自己都說：「哼，這左派不肯幹活，老欺負我的右派，現在傷了它了，看你還幹不幹活。你要幹活了，右派才敢叫疼呢。」

天哪！人體的自我保護機制，竟然是那麼絕妙嗎？

第二天晚上，傅莉的哥哥從網路上來呼她，因爲他剛裝了一個視頻頭，說話時可以互相望見了。只見畫面裡我岳母走過來，八十五歲的老太太，身影還很利索，我叫傅莉過來跟她媽媽聊天。傅莉往燈下一坐，老太太在那邊就說：

「傅莉妳瘦了，又漂亮了……。」

她哥哥也這麼說。他四個月前還來過我們這兒，可以看出差別來，不像我一直在跟前，毫無感覺。我才想起每月我們都量體重，最新一次她只有一百四十九磅，而車禍後她曾達到一百七十磅；過去的舊運動服，穿起來又很合適了，車禍後買的夏季T恤皆顯得肥大不堪。她就是這半年裡忽然瘦下來的。彷彿在「雙膝危機」、左右爭戰的一場肉體淬礪之後，如「蟬蛻」似的，悄然脫出一個原湯原味的傅莉來。

這眞的就像一次「蟬蛻」。她在這過程裡的恐懼自不待言，心理上掙扎易怒，頻頻失態，跟我數度拉鋸戰，鬧著要去住老人院，「我不拖累你！」她的膝蓋卻已漸漸消腫，又走好起來。我竟有油燈將盡之感，在這次驚嚇中幾乎是支撐力接近極限，不知道情形再壞下去會怎樣？人在正常起來之後會變得更脆弱，這是始料不及的。其實「蟬蛻」的傳統解讀，本有以蛻爲死的慘說，只不過在道家那裡，被描繪得很迷幻，說修道者死後留下形骸，魂魄成仙去也。

從窗戶裡偷窺的世界

下午室外陽光燦爛，傅莉沐浴穿窗而過的春光，坐在屋裡喊了一聲：

「你快來看，那不是她的小老二嗎？」

我們屋後那道谷地，一到春天就眞是名符其實的「春谷」（Spring Valley）。她看的方向，是低谷一側的那排住宅，最靠近的那一家人，就在我們眼皮底下。此刻那鄰居後陽台的紗門開著，可以看見屋裡有一隻嬰兒籃緊挨陽台，卻看不清那嬰兒。

「別急，我去拿個東西給妳。」

我跑去拿來一隻小望遠鏡給她。她看了一下說：

「看不清是男孩還是女孩。」

「那麼小怎麼看得出來嘛？」

那家是一對白人年輕夫婦，跟我們前後腳搬進這個社區。不久那妻子有了身孕，傅莉幾乎是看著他們生養了一個小男孩的，並且幾年來都在叨叨一句話：「我倒要看看美國人是不是喜歡生孩子的。」

一個冬春之間，她恍惚看到那妻子又有了身孕。她亟待驗證自己的窺視，卻只有從窗戶看出去這麼一種驗證途徑，偏偏那位妻子很少再現身，不給她驗證的機會。這件事於是便成爲她的一個焦慮，反覆絮叨著，我也沒理會。可是，春天裡我也忽有一眼看到那位妻子，驅車回家來停在她家車道上，開了車門往家裡搬東西之際，胳膊上挎了一隻小嬰兒籃，我趕緊去告訴傅莉，她卻不信。現在，她終於看到了她稱之爲「小老二」的新生命。

她就這樣觀望著外面的世界。但是，她對這個世界的興趣其實逐漸在枯萎下去。她沒有多少走出去的願望，對任何來訪者依然是驚恐的拒絕。記得冬天時從網上找了點有關「自閉症」的文章給她看，她似乎有些驚醒的樣子，現在看來卻沒多少改變。昨天她又自言自語：「你們都嫌棄我，我就自己去住老人院……。」她的內心深處正在不可遏制地冷卻下去。本來她已經在黑暗中，卻還要往更黑的深淵沉下去。我不知道營救她的正確方法是什麼，我只是不斷地對她進行說教，講一番大道理，或者就是對她恫嚇，一次次的犯著類似共產黨的低級錯誤。可她的內心是無動於衷的，她無聲地告別著外面的世界，悄悄地關閉著她的心扉。也許她很清楚那治療的極限已在眼前，她的餘生只能這樣殘障地打發了。在她的生活觀念裡，這是沒有尊嚴的；與其這樣活著，寧願躲起來不再露頭。

我追懷往昔，不知道今天的結局是不是可以避免，或者說，在那災禍的原初是不是曾有另一條更好一點的路，而我沒有選擇它？比如說，當初我應該傾我所有資金於一個復健醫院，將她送到那裡交給醫生去處理，而不是如同我的選擇，帶她離開舊地，覓一地隱居來度餘生？如今仍可辨析的，唯有當初我是絕不忍心拋棄她走開的，我做不到把她一個人扔在復健醫院的殘疾人堆裡，然後去謀自己的另一番人生；雖然那樣的選擇，可能有百分之幾的機率使她復原得比今天好，而我也不致廢掉。但是，我做不到。

年復一年、日復一日地，她坐在電腦前看世界。她整天上網，卻是個電腦盲，很認同網路上說的「電腦專制主義」，玩不轉的時候就嘆道：醫生當不成了，整天在這裡跟一個「專制主義」打交道，就像希拉蕊去北京一樣。過去傅莉是一個對新聞毫無感覺的女人，大概如同大多數成家立業的女性，世界就是子女和家務。現在不同了，她一天不看新聞就過不去，並且還摘要記錄重大新聞。我說我發現妳「選頭條」的本事，很能當一家報紙總編輯呢。——此非虛言，我在中央人民廣播電台幹過，那裡每天早晨半個小時的「新聞和報紙摘要」，乃是全國好新聞的權威標準。傅莉每天記新聞，本是修復記憶、手腦並用的訓練，一種物理治療，彷彿車禍後啓動的一根發條，再也不會停止了。她持續地跟蹤西奈半島加薩走廊以、阿衝突的惡化，中國又有人死於禽流感，華爾街金融震盪等等，一條條認眞記錄下來，晚飯時念給我聽，然後撕成碎片扔掉。如此日復一日，她並不覺得單調，機械地重複著，解除了她對外界拒絕而可能引起的憂慮。一到晚上，她給自己滿滿倒了一小盒乾果，坐在那裡看電視劇，我剛買的一大罐乾果幾天就被她吃去大半。我急了就叫她克制一點，她說：「我不是沒事幹嘛。」

她覺得自己是懸空的。這不是過去的傅莉。她是閑一天就會發瘋的那種人。在《離魂歷劫自序》中，我曾引用了傅莉的一些書信，她出國前已經幹不成任何事情，卻不甘心閑著，「你來信要我靜等，我不理解你的意思，莫非你希望我什麼也不幹，就帶著孩子過日子等候有那麼一天？」可是今天她想不起來要幹什麼。一種隔絕的狀態，一點點抽空了她的意識。她還呆在裡面死活不肯出來。

忽有一日，多倫多她的小妹來電話說了一個壞消息：北京的大妹最近查出乳腺癌。傅莉一個機靈，立刻焦急起來。先給妹夫發電子郵件，瞭解了基本情況之後，才給大妹打電話，告之早期發現，手術後應可痊癒，「我們有個朋友剛做過這種手術，妳千萬別緊張。」我建議她瞭解美國這裡的術後知識及補養，是說服她妹妹的最佳方式。她又立刻上網查找，找完又打電話。一種外來刺激把她整個人啓動了，那股神情，就像過去的傅莉一下子回來了。

我琢磨，傅莉在那一會兒找回了自我，而在之前的大部分時候她丟失了自我；讓自己呆在「病人」的位置不肯離開。我不知道這情形在心理學上應該怎麼描述？我的描述是一種「人格分裂」，即車禍受傷後她的原型人格難以返還，在多數時間裡她被一個受傷後的新人格控制著，只在極罕見的時空裡她的原型才偶然回來一下，那需要某種特定的條件、形成某種讓她得以返回的環境。這次在萬里之遙的越洋電話上，她就現身了，而電話一掐斷，她又回到殘疾者的新人格上去了。當她只面對著我一個人時，我的面孔及其所代表的那個環境，是只會召喚她的新人格的。——那是她從昏迷中醒過來看到的第一張面孔，背後是一個新的時空；在那裡沒有她的原型的位置。

我一進華盛頓國家記者俱樂部的焦灼不安，就被李恆青看出來。他是這次活動的具體操辦人。這個活動叫「六四倖存者二十年重聚首」，由王丹、王軍濤組織發起，上午在這裡舉行新聞發布會。我因將手機忘在旅館房間的床頭櫃上而六神無主，因爲那是我跟傅莉唯一的聯繫管道。這意味著我把她扔在世界某個角落，而她離開輪椅就寸步難行，並且還不認識任何人；我擔心著那家旅館萬一失火怎麼辦？萬一有人闖進房間怎麼辦？她不小心自己摔倒磕在浴盆裡怎麼辦？

車禍之後她幾乎不會使用電話了，哪怕是家裡的電話。我買了一對充值手機，只在我倆之間使用。我教會她使用這手機，可在我出門後呼我；我開會若帶上她住旅館，她也能用這手機聯繫我。我們已經在紐約如法炮製過兩次，都是我在帝國大廈「中國人權」開理事會。第一次把她扔在曼哈頓一個走廊上有異味的旅館裡一整天。第二次在中央火車站對面的賓夕法尼亞大旅社，一個老舊而龐大的車站旅店，價格低廉，從車站湧出來的外鄉人皆就近尋宿，大廳裡嘈雜得像個市場。傅莉就坐在房間裡，讀著章詒和的《往事並不如煙》，等我整整一天。窗外的車水馬龍和人潮洶湧，概不能進入她的視野和聽域，也許因此她還是安寧的。大都市於她是不存在的，哪怕待在曼哈頓的心臟。

李恆青問我怎麼啦？我說我跟旅館裡的傅莉失去聯繫了。他說：「別慌，你待會兒還是上去參加記者會，我給旅店大堂打電話，叫他們派個侍者上房間，把我的手機號碼給傅莉，叫她打過來。」我將信將疑，不確定這麼複雜的事情她做不做得了。還好，記者會開始之前，傅莉的電話來了。心裡一塊石頭落地，我也從此記住了李恆青這個人。

「六四」二十年了。我們渡卻著另一場災難，毫無歲月之感。歷史或往事對我們皆成朦朧。我們只沉浸在別一樣的痛苦裡，很多舊面孔彷彿跟我們沒生活在一個時空裡。人影憧憧之間，柴玲突然冒出來，一把抱住傅莉：「還認識我嗎？」傅莉沒打頓兒就應上去：「妳是柴玲。」事後傅莉跟我說：「她一笑，我就想起來她是誰了。」那笑容意味著二十年前的那場歷史；那不是一個人，而是一代人。

這次重入流亡/民運圈子，雖人是而物非，但那光景依然窘迫，都是舊面孔、舊話語、舊習慣。即使這麼一個封閉圈子，也已讓我感覺到我自己的更形封閉。外界雖匆忙喧囂，卻畢竟是活的世界，流動且留下痕跡。我和傅莉的小天地，雖靜謐卻冷寂，歲月似是停止的，甚至未在我們的容顏刻下多少痕跡。我們沒有負荷太重的瑣屑、無謂的煩惱，日子過得跟在廟裡似的，也許因此也變得幼稚生澀了？這次出外，彷彿是「下凡」一般，窺見了人世的匆匆，我們似乎也再難回到塵世來。那大華府也眞把我嚇著了，十幾年未見，它已膨脹成了類似洛杉磯的龐然大物；首都外環道上盡是蟻群般龜行蠕動的車流，實在駭人。沒活在那裡，算是幸運的。

「六四」二十周年，其實是我沉寂十幾年後曝光最多的一次。先是應香港「回家運動」之請，寫〈無家可歸〉一文，同時上了《蘋果日報》、《明報》。香港電視台「鏗鏘集」製作六四《走過二十年》特輯，攝製組要我回到普林斯頓大學東亞系的「壯思堂」去接受錄影訪問，這個節目跟我的關係特殊，因爲二十年前我們剛在普大落腳時，他們就來製作過一部特輯《孤鴻幾時歸》，記得那時我對著他們的鏡頭說，我能回國就去辦個民營電視台。——回眸此景，唯有唏噓。

在英國BBC中文台做新聞的嵇偉，是我的老朋友，也來訪談。我跟她說，八九學運爆發時，我的理念是，在一個專制社會裡，知識分子只能做一點啓蒙的事情，而沒有能力去操縱一場街頭運動，因爲他們在這個社會裡，沒有任何政治、社會資源可以調動；我還說，如果大局崩壞，趙紫陽下台，黨內改革派從此退出歷史舞台，後果將極爲嚴重。這個訪談，由他們整理成「蘇曉康：思想啓蒙者反思六四」，放上網路四處流傳。香港《開放》雜誌六月號，也刊出總編輯金鐘對我的一篇專訪〈告別中國二十年〉，從歷史巨瀾到私人劫難，談得更加系統。

不過我也發現，沉澱了二十年，我在政治光譜上仍是標準的「改革派」色彩，即主張由黨內高層改革人物，自上而下「和平演變」中國的專制，而鮮少民間自下而上的「革命」思路。我們這號人的理念，是所謂的「不流血」，可是這二十年中國老百姓承受的黑暗、屈辱，又比「流血」好多少？不久鮑樸從香港寄來新出版的趙紫陽口述實錄，細讀之下，更覺得趙這樣的開明人物在中共出現，且做到那麼高的位置，其實是一個奇蹟，一種偶然。在令人扼腕之餘，不也彰顯了「和平演變」的渺茫微淺嗎？

第六章

蘇爾維琪之歌

舒緩、淒婉的女高音，引領典禮的開場。〈蘇爾維琪之歌〉出自挪威國民樂派最重要的作曲家葛利格，一下子將我帶到傷心處，好似一瓶打翻二十年未及爬梳的無言心情，淚水抑不住流淌，竟至抽噎出聲。

奧斯陸之行

奧斯陸二〇一〇年選了一個中國人，是大異數，也成大震盪。諾貝爾和平獎是「天王級」，當今頂尖榮譽，文明衰敗又成精神奴役之鄉的中國，哪來豪傑與此有緣？這可作「東亞病夫」之新解。然而，奧斯陸將「和平桂冠」授予中國監獄裡的良心犯劉曉波，不啻對「中國崛起」的當頭一棒，它銳利而不強勢，但影響深遠。中國經濟強大，卻暴虐對待其子民，於國際社會和文明前景堪稱隱憂，而美英法德諸大國皆與之媾合，挪威則憑依百年「諾貝爾和平」精神，踞普世價值高端：一個北歐小國也敢仗義執言。

北京對此事的瘋狂杯葛，甚於一九三五年的德國納粹（德國得主亦被囚禁）。二〇一〇「諾貝爾和平獎」慶典邀請的所有中國國內人士皆被攔截出境，唯有海外流亡者去奧斯陸站台撐場面，這也把挪威人弄得七葷八素。他們發出的一個給紐約無國籍流亡者去申請簽證的電子郵件邀請函，甚至還被中共截獲，冒充諾委會發了三千份假邀請。十一月十六日，我收到諾貝爾委員會行政負責人的電子邀請函，特別強調「正式邀請函，包括所有附件（入場券），將於十二月九日在奧斯陸格蘭特大酒店前庭的諾貝爾服務台等候您。」

諾委會還說：「我們誠摯地請您以電子郵件確認你將出席慶典、晚宴和音樂會。」我卻遲疑未覆，有點害怕自己帶著坐輪椅的傅莉飛到冰天雪地的奧斯陸去；況且我也只能把她一個人放在旅館裡，自己去參加這場已跟中國錯過百年的盛典。直到李曉蓉從日內瓦趕回來，讓我帶上傅莉跟她走一遭，我才當眞起來。她說國內諸君出不來了，要求我們幾個人，方勵之、林培瑞（Perry Link）、她和我一定要去奧斯陸出席典禮，才讓他們安心。

臨行前，我爲奧斯陸慶典的著裝規定，幾乎陷入休克狀態。邀請函指示，上「諾貝爾和平獎」網頁查詢「穿著禮儀」，我上去一看，授獎儀式規定男士必須以 a dark suit and tie 出席；晚宴則是正式場合，須以black tie 現身；有人說此即晚禮服也。我閒散了快二十年，幾套舊西裝早已穿不下，對他們說的這些服裝更是一頭霧水。趁感恩節的「黑色星期五」去買西裝，半價弄來一套深灰色的，竟沒買黑色的。再問曉蓉，她說在歐洲出席晚宴，男士都得穿黑色西裝加黑色領帶，但不一定非要「燕尾服」不可。我再去店裡調換一套黑色的，看到居然有零賣的一盒黑領帶、白襯衣、腰帶，乃搭配燕尾服的，如獲至寶，覺得總算不至於太寒磣。

「中國崛起」原不過是鄧小平殺了學生娃娃之後，鐵了心「引進西方資本主義」的結果；照理中國民間社會，也可以從國際上找到一點什麼力量與之抗衡的，否則這個「國際社會」不就是一個叢林了嗎？

○八年北京奧運會之後不久，胡佳獲選「歐洲人權獎」，也被列入諾貝爾和平獎候選名單，當時我就想，在國際／西方的視野裡，魏京生之後終於出現了另一位象徵性人物。假如沒有替代／接續的人物出現，魏京生永遠遮蔽其他人而無可替代，無論大家多麼不喜歡他。魏京生是「民主牆」人物，那遠在七〇年代末，這中間的空白，並沒有因爲一場震撼世界的八九學生運動、且延燒爲「蘇東波」而導致整個共產主義陣營的坍塌而有所填補，主要就是沒有出現一位政治道德上經得起挑剔的代表人物。無魅力便形成空白。近三十年裡，中國民間不曾有魅力型人物出現，無疑是一個莫大的遺憾。

○八年歲尾，劉曉波、張祖樺在北京發布「零八憲章」，三百多人簽名，範圍和共識前所未有，但兩人隨即被捕。張被抄家後放出，劉則被重判十一年徒刑，他在法庭的最後陳述〈我沒有敵人〉，達到聖雄甘地的境界。——一個魅力人物終於出現。

到此奧斯陸終於坐不住了。除了魏京生、胡佳之外，他們還接到過天安門母親、高智晟、趙紫陽等提名，每次都伴隨著北京的威脅。秋天諾委會主席亞格蘭在牛津大學就說，再不給中國說不過去了。過去和平獎給了緬甸的翁山蘇姬、南韓的金大中、南非的曼德拉；好像只敢給小國家……。

就差臨門一腳。國際人權組織「人權觀察」（Human Rights Watch）想出一個點子，請一位國際上知名的道義領袖出面向諾委會呼籲，將二〇一〇年的「和平獎」授予獄中的劉曉波。他們想到了捷克前總統哈維爾，於是草擬了一封信，但要找一個中國人當信使。這個人他們很快就在日內瓦找到了，她立即奔赴布拉格。此人就是李曉蓉。事後她告訴我：「哈維爾一看我帶去的信，馬上就說他要去找當年『七七憲章』的全部簽名者來簽這封信。你知道，現在他們已經在兩個國家啦，但哈維爾是國際上一面道義旗幟，所以捷克議會四十人、斯洛伐克議會六十人都支持提名劉曉波。」

這封信九月二十一日在《紐約時報》刊出。第二天芝加哥大學的王友琴轉給我一封電子郵件，是溫哥華英屬哥倫比亞大學的邱慧芬提議，華人應該熱烈響應哈維爾，建議由蘇曉康出面發表徵集簽名信。我雖覺自己沒資格做領銜人，道義上卻不能推辭，也就顧不了那許多，立即起草了一封信，先交曉蓉傳給國內朋友們修改、簽名，然後在海外徵集簽名。

十月八日一早五點鐘我就起身上網查新聞，劉曉波果然獲得「和平獎」。電話裡則已有一則留言，是余英時教授的，他說：「我們五點鐘聽到廣播新聞，劉曉波獲獎，這次你功勞很大，將對中國產生深遠影響！」我再去聯絡曉蓉，她說她昨晚熬到一點半才睡，五點鐘是老公叫醒她看電視新聞。她才是眞正的功臣。

「李曉蓉來過，繞到後面來看我坐在這兒，就敲窗戶，我說妳跳進來吧。」我一回家傅莉就對我說。——我又在外面瘋跑了一天看房子。

那大概是九九年下半年。李曉蓉在普林斯頓高級研究院訪問一年，全家從華盛頓D.C.搬來這邊住，她先生在「人權觀察」主持北非事務——就是後來大鬧「茉莉花革命」的那個伊斯蘭世界。他們住處離我們運河社區很近，有時她白天自己跑過來跟傅莉說說話。那時節，恰是第二章〈孤舟〉裡所寫的，我把傅莉扔在家裡上網，自己到處看房子、放押金，常常不在家。我們住的公寓（condominium）是雙道門，開門太複雜，傅莉學不會，李曉蓉就跳進陽台來，傅莉給她開邊門。跳陽台這個細節，正顯示這位「川妹子」的潑辣風格。八九年天安門屠殺之際，她是史丹佛大學的哲學博士

傅莉、蘇曉康、李曉蓉（左至右）。

生，書讀不進去了，跑到紐約曼哈頓來創辦「中國人權」，在「人權觀察」辦公室裡添了一張辦公桌。我流亡到普林斯頓後，也被她請去當理事。

她也是個倔脾氣。畢竟她還得回到史丹佛去把博士學位拿下來，只好暫時離開「中國人權」。待九三年讀出來，受聘到馬里蘭大學教書後，才又重返「中國人權」當執行理事，但是很不順心，因爲這個機構雖然挪到曼哈頓最顯要的帝國大廈裡，卻對中國日趨惡化的人權情境隔膜而生疏，其間變化種種不必去囉嗦它了，總之「川妹子」怒髮衝冠而去，白手起家另創一番人權事業，艱辛不已，弄到心臟患疾、脊椎疼痛的地步。方勵之、林培瑞和我，皆與她一道退出「中國人權」，看她一個人死磕，於是又都來幫襯她。

當然，更主要的是理念相近。李曉蓉堅持要把人權做到中國境內去，而不是在美國辦一樁向富人籌款的慈善事業。她從六四救援一路做下來，漸漸開拓監督中國政府人權記錄、訓練國內人權志願者等新領域。她的開創性作業，又在世紀初遇到中國民間維權運動的興起，兩廂可謂久旱逢雨。人民備受官府欺壓，權利意識開始甦醒，維權律師舉足輕重，李曉蓉則要進一步用國際人權知識和規範，把他們訓練成「人權捍衛者」（human rights defender）。這是中國制度轉型的一種奠基。今天許多著名的中國維權律師，都要管她叫「老師」呢。

○三年春天她聽說我回國奔喪，就來問我：「怎麼會讓你回去呢？」原來，自從中國政府不准她入境以後，她在四川的父母先後離世，都不准她回去奔喪，她說著就抽噎起來。我跟她說是我父親臨終提的要求，說了好幾遍，她似乎都聽不懂，只是問，然後哭，足見傷心。——中共拿她沒奈何，只有拿親情折磨她。

紐瓦克國際機場的安檢員，指指我手裡端著的一杯茶水，勒令我返回安檢防線之外去倒掉它，再領我重進防線內，急得我渾身出汗。李曉蓉和蘇菲推著傅莉在裡面等我，說你怎麼不知道機場安檢最忌諱水呀？蘇菲是「人權觀察」的亞太部主任，一個高個兒銀髮女郎，說一口年輕時在台灣學的標準國語。十二月八日我們一行四人從華盛頓D.C.先飛到這裡，會合從加州飛過來的林培瑞，再坐夜行航班飛奧斯陸。

因爲傅莉坐輪椅，我們皆可走特殊通道登機。空姐一見傅莉是個殘疾人，座位又很靠後艙，就籲請前艙有善心的乘客樂意調換一個靠通道的座位給她，卻無一人應答，大概誰也不樂意這十三個小時裡（六小時時差）太受罪。好在傅莉久經鍛鍊，走到機艙最後面，擠進自己那個靠窗戶的座位，待在裡面硬是不喝水，十三個小時只上一次廁所。

十二月九日上午九時抵達奧斯陸，一個灰濛濛的冬晨。十二月裡的斯堪地那維亞半島，已是日短夜長，地面氣溫攝氏零下十度。進旅館我倒頭便睡。這次旅行從機票到旅館皆由李曉蓉幫我辦理，她訂旅館時跟人家說好有殘疾人，所以給我和傅莉的房間稍寬大，便利輪椅，隔壁住的是從舊金山飛過來的雙腿截肢者方政。

下午把傅莉留在旅館裡，我隨李曉蓉去中國使館抗議。這裡下午三點天就黑了，路燈大亮。我事先已擬好一封抗議信：「自從諾獎宣布兩個月來，中國政府在國內不僅軟禁劉霞女士，也對民間人士大肆拘留、傳喚、抄家、軟禁，對頒獎典禮受邀者進行騷擾、警告、跟蹤，還無節制地阻攔各種人士及其親屬出國，甚至到了『寧堵一千，不放一人』的瘋狂程度；在國際間，中國政府也公然威脅各國使節不要出席本次典禮，比納粹德國當年對待諾貝爾和平獎得主的方式還要卑劣。這個政府創造了諾貝爾和平獎一百零九年歷史上第一次獲獎者本人和其他任何代表都無法出席的可恥紀錄。」——此信也請林培瑞譯成英文。

我們凍手凍腳的順著殘雪覆蓋的街路去抗議。港支聯的長毛（梁國雄）拿著一隻喇叭在中國使館門前大聲疾呼。他把喇叭先送到李曉蓉面前，讓她用英語宣讀抗議信，再送到我面前用中文宣讀。然後我們把信塞進大使館門外的信箱裡。「和平獎」慶典期間，天文學家方勵之攜夫人李淑嫻正巧訪問奧斯陸大學，便說一定要去會場「站腳助威」，但對總使館抗議則不以爲然；他發來一封電郵：

> 我不覺得，在十二月九日送一封信給中國駐奧斯陸大使館（小小六品官僚一個）有多少作用。這種信已經很多很多了。在十二月十日，最大的事件之一當是授獎儀式。特別，諾貝爾委員會將有長篇發言（一般二十至三十分鐘），一定會有精彩論斷。供參考。方

當晚還有一個記者招待會。曉蓉說：「我們推著傅莉一道去吧。明天她得在旅館自己待一天，先出去透透氣。」我問有多遠？她說只需穿過一個街心公園。我們推著傅莉出了旅館，街上都是冰，輪椅倒不怕的。未幾，來到那街心公園，茫茫白雪覆蓋如初，連腳印都沒幾個。我們沒有經驗，只管推輪椅上去，不料很快就陷在雪裡推不動。我們又推又抬，急得傅莉直發火，她身上雖裹著羽絨服，還是凍得夠嗆。從記者會返回旅館，我們不敢再走街心公園，繞了個大彎走大街。到旅館已經餓壞了，進餐廳要了一大盤鱈魚片、火腿片，挪威人的家常便飯，忙亂中我沒聽見傅莉要咖啡，她小聲說了幾次我也沒給她去端，逼得她大叫了一聲。——在公共場合，她很在乎被我關注的程度。這是殘疾人的本能。

推著傅莉返回旅館的途中，經過奧斯陸格蘭特大酒店，我們順道進去領了所有入場券。慶典入場券是月白色的一張精緻硬紙卡，左上角有諾貝爾勳章圖徽，券面印著英文字樣：

挪威諾貝爾委員會榮幸邀請

蘇曉康先生

出席二〇一〇年諾貝爾和平獎授獎典禮

奧斯陸市政廳，十二月十日，下午一時

著裝禮儀：黑色禮服

入口：羅森克蘭茲門

在門廳請出示此邀請和身分證明

此係非轉讓邀請

此外，還有節目單和二〇一〇年「和平桂冠者」劉曉波的證書（小張樣品），印著諾貝爾委員會五成員的簽字。

明天是大日子，白天授獎儀式、夜裡晚宴，傅莉都不能跟我去。我乘夜色出來在附近轉轉，發現這旅館隔壁就有一家中國餐館；再往前走還有一個超市，我順手採購了一批水果、點心、花生、瓜子、飲料等拎回旅館。一如既往的，我帶傅莉出來開會，需先安頓好她的飯食和零嘴，讓她以此延挨獨自守候旅館的孤寂時光。

諾貝爾和平獎典禮

典禮場所，是奧斯陸市政廳，猶如艨艟兩翼風帆高聳的一棟簡樸磚石建築。奧斯陸是一座沒有森森殿宇巍巍鐘塔的歐洲都市，與巴黎、羅馬判若兩界。這大概是維京人簡樸文化傳統的外部特徵。據說歐洲古典建築風格，有一種從西往東越來越靡費奢侈的傾向，當然主要是指教堂、宮殿。倫敦比巴黎簡樸，羅馬又讓巴黎遜色，東正教的彼得堡最靡費。維京人偏處西北一隅，也許因此簡樸？

奧斯陸市政廳據說建於五〇年代。會堂並不寬敞。走進去但見主席台上，右側七把椅子，正中講壇，左側一架鋼琴。席座好像都是臨時擺的椅子，分三列，呈凹字型，中央一列只有一個空心島，那裡擺著兩把座椅，我想當然以為那便是所謂「空椅子」。

按照入場券上明列的座位，我是二十號，在右側席座第四排最靠左，緊挨那個空心島。李曉蓉坐在我右邊，她再往右是一位女士——歐盟人權主席；我前排坐的是香港民主黨主席何俊仁。

音樂起時，走來挪威國王王后，落坐空心島的那兩把椅子。跟隨他們身後的，是諾委會五成員（四女一男），魚貫前行登上主席台。再後面，是丹佐・華盛頓爲首的一批明星，從右首偏門入場進入座席。

冬天不久留，春天要離開，……

夏天花會枯，冬天葉要衰，……

一年年地等待，我始終深信，

你一定會回來，你一定會回來。

舒緩、淒婉的女高音，引領典禮的開場。〈蘇爾維琪之歌〉（Solveig's song），出自挪威國民樂派最重要的作曲家葛利格（一八四三—一九〇七），一下子將我帶到傷心處，好似一瓶打翻二十年未及爬梳的無言心情，淚水抑不住流淌，竟至抽噎出聲。曉蓉從旁遞過來一塊白手絹，示意我拭淚，我這才看見她也是淚水滿面。我哭得緊攥著那手絹不放，她又一把從我手裡拽走；原來手絹是那位女士——歐盟人權主席

奧斯陸市政廳前。

的。——據說那一刻很多人都在流淚，吾爾開希更是到了崩潰地步。

「男兒有淚不輕彈，只因未到傷心時。」我雖男兒，這二十年裡常常涕淚，但也並非「輕彈」，只是傷心不已。此處傷心究爲哪般？當時滋味莫辨，行文至此再回想，我其實是在哭自己、哭旅館裡的傅莉。跟平時不同的是，在這盛典、也在那盛典所掂量出來的價值——國內志士們在野蠻嚴酷的壓制下剛強不屈，輪番入獄，仍堅守和平抗爭——映照之下，我們二十年的苟且孤寂，到了這崇高場合，顯得那麼不值得，統統化爲委屈與悔恨。

方勵之說得對，慶典的重頭戲，是諾委會主席亞格蘭的演說。他講畢將一冊證書置於他的座位右側那把椅子上，方知那才是「空椅子」，而曉波的巨幅頭像，便在那椅子後上方微笑著。

亞格蘭的「精彩論斷」大致有兩個，一是歷數「和平獎」遭遇獨裁政權的歷史，特別提到一九三五年授獎德國和平主義者卡爾・馮・奧希茨基，「引起軒然大波」；希特勒暴跳如雷，禁止任何一個德國人前往接受任何一項諾貝爾獎；也導致「挪威的哈康國王沒有出席頒獎儀式。」這次中共又創紀錄——中國自近代爲世界文明貢獻寥寥，卻常常輕易增添恥辱紀錄，她還總是覺得自己「國仇家恨」——不僅獲獎者身陷牢獄，甚至沒有他的任何一位親屬、代表被允許前來奧斯陸，一百年多來還是頭一次。

二是亞格蘭精湛簡述「和平」思想與人權、文明之接棒，與劉曉波「非暴力」信念之吻合，也進而評說「非友即敵」（非此即彼）思潮在當下的氾濫。不少人說，劉曉波的「和平桂冠」，有一半是胡錦濤相送，因爲後者犯了一個低級錯誤（重判劉十一年徒刑）。這只說對了一半；更重要的是，諾委會對劉曉波的〈我沒有敵人〉異常傾心。對於兩極化日趨嚴重的這個世界來說，曉波的法庭陳述，又藉由諾貝爾桂冠的提攜，而被賦予普世、先鋒的廣泛涵義。

挪威著名女星麗芙．烏嫚在典禮中朗讀〈我沒有敵人〉，宛如一曲歌詠，彷彿曉波當初就是寫給此刻；而它的全部內涵，要等到這個特定場合，才能釋放出來。也只有此刻此地，純用中文書寫的一種理念和情愫，才那麼貼切地可以用另一種語言完整表達出來；那是我們在其他時空中不可能讀得出來的。尤其他寫給妻子劉霞的那個段落：「你的愛，就是超越高牆、穿透鐵窗的陽光，撫摸我的每寸皮膚，溫暖我的每個細胞，讓我始終保有內心的平和、坦蕩與明亮，讓獄中的每分鐘都充滿意義……。」如泣如訴、如醉如狂，中英文在意義上的融合毫無縫隙，直抵美麗的境界。

我卻在這殿堂裡靜思一個問題：劉曉波「非暴力」信念的價值來源在哪裡？這對於思想史來說，或許還是一個靠得太近而難以釐清的課題。在這位「和平桂冠者」的祖國，暴虐歷史、激進思潮循環不已，何曾有過「和平」之瞬間寸土？連他都曾是一個「反傳統主義者」，抑或因爲他「執著」的西化？我們也還在歷史中，一時沒有答案。

也唯有此刻，提供了一個超時空的場景，讓你回味自己跟那個人的片段歷史。

劉曉波傳奇，始於八〇年代「文化激進」年代，雖只趕了一個尾巴，卻稱得上是一記短促的壓軸戲。我甚至是先聽說「黑馬」之稱，再聽說他的大名。「黑馬」之謂，乃指他挑戰「四大青年導師」之一李澤厚，那大約是一九八八年夏秋之交。當時我正跟李澤厚的一個博士生，合作構思《五四》電視片大綱，此君爲「師道尊嚴」而下戰書給劉曉波，約在社科院研究生院禮堂辯論。我未去觀戰，事後聽說雙方打了個平手，但坊間的談資卻是兩人皆稍微口吃，論戰因此而精彩。劉曉波「文化激進」的頂峰，大概要算在香港說出「中國需要三百年殖民地」的驚世駭言，至今無人超越，因爲中共始自毛澤東便以民族主義馭國，而西方學界則被左派「反殖民」論述駕馭，兩廂均無此說的空間。從文化的角度來說，我和劉曉波皆屬「激進之徒」，在國內卻未曾謀面。

對政治運動的態度，我跟曉波是兩種人。八九風雲驟起，曾是各種革命妖魔狂舞的天安門廣場，飄盪著醉人的死魂靈。學生們使性子要跟共產黨死磕，「長鬍子」的知識界卻整體恐懼「革命」，在旁邊又哄又勸。組織「勸架」最積極的人是戴晴，五月十四日夜裡她動員了十二名「著名知識分子」到紀念碑底下去，其中也有李澤厚和我。這事也怪我，戴晴到我家來動員的時候，我順便說出了住在附近的李澤厚。面對沸騰的人海，李澤厚緊挨著我，身上微微顫抖，戴晴請大家對學生演講，李澤厚和劉再復都拚命搖頭。——來到海外後，他們兩人一九九五年對談了一本《告別革命——回望二十世紀中國》，我猜天安門現場所體驗的刻骨銘心是原因之一。——我倒是斗膽對著火燒火燎的廣場侃了幾句，語無倫次，卻都被藏在人群中的便衣錄了音。「勸架」完了我們十二人被沖散，幾年後李澤厚到海外才告訴我，那晚他竟找不到交通工具回家，最後是掏了五塊錢，央求一個騎摩托車的青年載他回家。——這就是美學家遭遇革命的故事。

劉曉波那年還在哥倫比亞大學任訪問學者，飛蛾撲火似的從紐約趕回北京參加

「革命」。十幾天後，在野戰軍濫施坦克機槍，沿西長安街一路殺到廣場包圍後，是他出面說服幾千學生接受他跟「殺戮機器」的談判，隨他撤出廣場。這是八九學運期間無數次談判中唯一成功的一次。劉曉波不僅火中取栗地救出已然迷狂的學生，也替鄧小平、楊尙昆避免了在他們那座「英雄紀念碑」底下施行一次大屠殺。這一善舉，照中國話說，是厚積陰德；大概也値半個「諾貝爾和平獎」吧。

我與曉波失之交臂。他在國內堅持抗爭，幾進幾出監獄。我逃到海外偏遭車禍，伴妻療傷當「家庭主夫」之餘，還兼職當《民主中國》編輯。這份網刊，成爲我倆結緣的媒介。多年來，劉曉波是我最主要的撰稿人。二〇〇二年五月十六日他給我一個郵件：

曉康：

這篇文章寫了很長時間，斷斷續續將近一年，寫得心裡很痛，有時還會流淚。常常因爲寫作過程中的心痛而擱筆。此前給你的那篇關於「灰色生存」的文章，在很大程度上是爲了調節自己的心態而寫的。

十幾天前，我決心完成這篇文章的動力，一是爲亡靈，再有就是想起了與你通過的電話。你在電話中的自省之言，開始時讓我有點感動，後來聽到你說：「世界上哪有像我們這樣輝煌的流亡，這輝煌讓人陷於錯覺……。」這話讓我感到精神深處的震撼和共鳴。八十年代，我也曾陶醉於輝煌的錯覺之中。誠實地面對自己，是保持謙卑和敬畏的前提。

我現在更想看你的那本自省之書。你可以寄一次試試，我有時能收到境外的政論雜誌。

曉波

就在那篇斷斷續續寫了一年的文章裡，他提到「諾貝爾和平獎」。他極沉痛地拿「緬甸的曙光」，對照「六四」十三年後中國的黑暗：「一九九一年，翁山蘇姬被授予諾貝爾和平獎。而一個剝奪諾貝爾和平獎得主的人身自由的政府，是無法承受由此而來沉重的道義壓力的……，軍政府迫於國內局勢和國際社會的強大壓力，不得不無條件地釋放翁山蘇姬。」——誰能料到，八年後「和平桂冠」落到良心犯劉曉波的頭上，而奧斯陸慶典竟出現了「空椅子」。——「和平獎」的道義壓力，遭遇了比緬甸軍政府更顢頇的中共政權。

曉波那篇文章的題目是〈中國民間反對派的貧困——「六四」十三周年祭〉，他寫得很痛，長達一萬四千字。完稿後兩天發給了我，隨即刊於二〇〇二年六月號《民主中國》。那是我所看到的他心情最低沉的一次，其中有些文字彷彿在滴血：「誰也沒有想到，八九運動的影響在十三年的時間內幾近於消磨殆盡，用鮮血積累起來的道義資源也被揮霍得所剩無幾……。在當下中國，發動八九運動的道義激情和社會共識已經不復存在……。」

就在那很痛苦的時候，他提到我的那本《離魂歷劫自序》，並稱之爲「自省之書」，要我寄給他。時至今日，我沒有寄出這本書。我不敢寄給他。我的痛苦是另外一種。他是悲憤，我是悔恨。但是這種區別，我很久都描述不了。後來，還是《離魂》的出版主編季季詮釋出這種不同：

曉康以前在大陸出的書，都背負著爲天下蒼生請命的大骨架，沉重而冰冷。寫《離魂》之書，大骨架已被大時代拆解；在異國守著癱瘓的傅莉，筆下只有血肉和血淚，一字一句柔軟而滾燙。

這「拆解」二字，眞的入木三分。我在《離魂》中寫過這樣的話：「我們曾是那樣自信於『修復』國家、民族、社會、文明之病入膏肓的一類『人物』，臨到獨自面對一個人和一個家庭的災難境地，除了天塌地陷之感，一無所憑。」如果曉波讀到我的這些話將作何感想？他已經很痛苦了，我不想再給他添堵。

他指我說的「輝煌的流亡」，是我倆在Skype上聊天聊出來的。我倆互相朝對方傾訴，他怒斥國內知識界的犬儒，我則感慨海外流亡圈子的「舒服」——我的原話是：大概從二次大戰猶太人流亡以來，沒有誰像「六四」中國流亡者那樣在西方如此受寵。這個意思，很讓他吃驚。他一向是鄙視「六四」逃亡者的，從方勵之到學生領袖們，當然也包括我。這也是我不敢寄書給他的一個隱因。在他那依然沉重的憂國憂民的「大骨架」之下，我找不到我所延挨的「一人一家」之痛的定位。我們的失之交臂，是多層次的。

直到在典禮上看到最後的童聲合唱節目，我才破涕爲笑。這是挪威國家歌劇和芭蕾舞團童聲合唱團，首排最中間是個小男孩，也最矮小，被兩側高大的金髮少女擠得好像無處安身，似乎不舒服地時而閉嘴時而唱兩句，憨態可掬。——諾委會也邀請了中國童聲合唱團，卻被拒絕。

童聲合唱是曉波對奧斯陸慶典提出的唯一要求。此刻，我忽然覺得自己跟巨幅頭像上的曉波，交換了會心的一笑。我覺得，曉波「西化」的極致，即在此人性之微，而非政治、文化之大端。曉波也曾跟我談到一次他的兒子，父子早已天涯淪落，他決不奢談什麼「望子成龍」，卻要在這個時刻，讓童聲來告慰一點什麼，於願足矣。

劉曉波的「非暴力抗爭」理念，無疑既是自由主義的，也是溫和保守的，雖然中共待他「如臨大敵」、決不姑息，未料深仇大恨的民間卻恨他還要「美化中共」，這樣的尷尬，卻是超過了胡適他們當年的。總之，將個人當作一種不可化約價值的那種環境，在中國尚爲遙遠，所以我想，劉曉波的寂寞將不會短暫。據說這次在奧斯陸有一本紀念冊等著劉霞的邀請者留言，但我沒遇到它，否則我會這麼寫：曉波，你是沒有敵人，但是大眾的麻木、幼稚和仇恨不會放過你。

到了二〇〇六年，我編輯《民主中國》這個網刊已十年有餘，覺得累了，想停刊；又轉念一想，何不乾脆交給曉波去辦？辦網刊於我，不過是療傷之餘的副業，但我對中國已然生疏，對新一代網路作者的風格和思路，更如霧裡看花；網路中文對我而言，純屬一種新的文字，我已跟不上，對稿件的篩選和編輯，皆頗覺費力。這意味著，我已是網路時代中國民間抗爭的局外人。

總之，曉波先是接辦《民主中國》，後又獲選「獨立中文筆會」會長，在虛實交錯四通八達的網路世界開拓出一片民間中國的新天地，搞得熱火朝天，著實讓那個凶暴而糜爛的現實中國頭疼至極。網路提供了一個超越「現代極權」的空間，曉波如獲至寶，似乎不再那麼痛苦。他從那裡一路走到兩年後的「零八憲章」。他走向了頂峰，但也消失在我的狹窄侷促的視野裡；直到我在奧斯陸市政廳跟那把「空椅子」相遇。

海盜船博物館

授獎儀式完畢後，離七點鐘的晚宴還早，人們都去諾貝爾和平中心參觀劉曉波的圖片展「我沒有敵人」，再去觀看CNN關於劉曉波的紀錄片。我趁這個空檔，跑回旅館，上隔壁那家中國餐館，要了一個海鮮砂鍋、兩份燒賣、一份鮮竹卷，權充傅莉的晚餐。

和平獎晚宴，在禮儀上據說重於授獎儀式，器皿珍貴，菜肴精緻，我卻沒有心情。席間最動人的，是諾委會副主席法蕪女士的演講，我們才知道，和平獎委員會今年選擇劉曉波，曾是一個艱難的決定。她說：「作爲諾委會成員，我無權披露我們討論時的詳情，但我願意做個小小的犯規。劉曉波，當我們決定選擇你之後，我們也反詰自己的良知：添加這麼沉重的責任，對你和你的家庭是公平的嗎？你會不會覺得我們授予你和平獎，反而讓你更艱難了？後來看到劉霞興奮不已對CNN說『榮獲和平獎是巨大的榮譽，也承擔了更大的責任』，兩天後她去探監，你喜極而泣：『我沒想到他們敢於授獎給一個監獄裡的犯人』，聽到你們的反應後，我如釋重負，幸喜於你絕不是一個不情願的獲獎者。」

這段話的深厚人文資訊，給我的感動，甚於白天亞格蘭的授獎詞。和平獎這尊頂級金杯，不止滿溢榮耀，更承載責任和風險，才當得起她那天王級的高貴；也是在這個層次上，和平獎是超越人間政治事物的，她呼喚和引領人的道義及承擔。而曉波在獄中的反應，乃是二十年來最眞實的一個劉曉波，尤其他對劉霞說的那句話：「這個獎屬於六四受難者」，向世人詮釋了他自己，展現了他從「黑馬」到廣場撤退，再到「最後陳詞」的一脈相承的邏輯。他從憤青、鬥士、批判者，昇華到智者的境界。

晚宴間隙，碰到柴玲，一見我就問：

「傅莉呢，怎麼沒見她？」

「只有我收到邀請，她自己在旅館裡呢。」我說。

「我看不少人都是夫婦倆受邀請的，有的連孩子都帶來了，怎麼你們不行？」

「誰知道呢？」

「他們也是到最後一刻才邀請我。」她說。

在奧斯陸，只有這姑娘問到了傅莉。慶典其實到晚宴就算結束了，明晚還有一場音樂會。——我當時並不知道，柴玲心裡在做一個安排。

十二月十一日白天無事，方勵之建議我們去領略「海盜文化」，說有一座「海盜船博物館」可參觀。叫了計程車，我們就往奧斯陸郊外駛去，途中經過國王的夏宮，竟是一棟農舍。挪威極富庶，資源豐沛，他們只是不肯奢華而已，國家實行令人豔羨的福利制度，社會公平指數和生活幸福度，皆世界領先，不要說後發達的亞洲、拉美國家難望其項背，歐美發達國家也不敢逼視。但他們更領先群倫的還在價值、精神層面，所謂「倉廩足而知榮辱」這個樸素倫理，只有他們相稱，超級大國統統不配。由此觀之，現代史上人類文明的罕有進展，只發生在他們那裡，世界其他地域都談不上。所以今日執文明之牛耳者，是九世紀海盜的後裔。

方勵之的興趣即在此。後來他放到網上一篇〈奧斯陸四日四記〉中，以科學家的語言，講得更直白：

對我們這種非歷史內行來說，對挪威的過去所知甚少，只知道它曾是個海盜（Viking）國：野蠻，搶劫，無精緻文化等等，可比明朝時沿海的倭寇，或今日之索馬利亞。爲此，我們去參觀奧斯陸的海盜船博物館。十和十一世紀，挪威是海盜「強國」。對應的中國，是北宋年代。比之清明上河圖上的堂堂遊船，海盜船博物館裡的展品，不折不扣就是三條賊船。海盜船博物館的展品中，也沒有文字殘片。一千年前的奧斯陸文化，看起來就是一窩「不識字」的海匪。而同時代的程顥與程頤，已在構建宇宙模型了。

這是昔。今天的資料則是：奧斯陸大學成立於一八一一年，明年要辦二百年大慶。相比之下，北京大學的校齡，就不及海盜國的大學了。奧斯陸大學的理論天體物理研究所成立於一九三五年。在北大，以理論天體物理爲主業的研究所成立於二〇〇六年，剛滿五歲。誰的不識現代「字」（廣義的）的年代更長？比年代更加重要的是大學的精神。

海盜船博物館。
（左起：蘇曉康、林培瑞、李淑嫻、李曉蓉、方勵之）

方勵之對「大學精神」情有獨鍾。在我印象裡，八〇年代方勵之在合肥任科技大學副校長時，就是因爲反對黨委凌駕校長之上，宣導並堅持「校長負責制」而惹怒了鄧小平；鄧拿學潮和「自由化」整肅他，不過是找了一個藉口。——當時的學生不懂這種「政治」的微妙。

十世紀北歐海盜對應北宋、清明上河圖所繪遊船對應天鵝頸船首的海盜船、搶劫對應二程理學，寥寥數語，顯示天文學家的「大歷史觀」，比歷史學家黃仁宇還要壯闊。精彩更在今非昔比：在現代化視野裡，奧斯陸大學已二百年，其天體物理所也有七十五年，而北大幾歲了（此處他還省略了中共一個甲子的糟蹋）？反正其天體所才五歲。方勵之問：「誰的不識現代『字』（廣義的）的年代更長？」

方勵之將自己的這種理念，概括爲一部三百年「科學注入史」，他說，「現代化和民主化的基本原則和基本標準，像科學的原則和標準一樣，是普世的，無所謂『東法』或『西法』之分，只有落後與先進之分，正確與錯誤之分。」這段思想，又可以概括爲一句方氏名言：「不存在一個所謂中國特色的現代化，就像不存在有中國特色的物理學一樣。」時至今日，「中國模式」禍害全球，我們才得以返觀方勵之的先見之明，超越許多理論家和人文學者。

「海盜船博物館」其實是一個簡陋、冷清的旅遊點。館內陳設幾條出土的九世紀海盜帆船，皆從殘骸復修起來。臨走時，我特意買了一件工藝品海盜船：單桅，天鵝頸船首，古拙而剽悍。

沒有一個劉曉波的朋友得以從中國來奧斯陸見證這淒美的（poignant）時刻。身臨現場者，只有那些在海外爲中國人權而努力的流亡人士。以《河殤》批判中共封建性而在八〇年代影響巨大的蘇曉康，盛情禮讚挪威：「那些超級大國如美英法德，都是民主制度的強國，卻在國際上裝著看不見中國對人權的踐踏，反而讓一些小國挺身而出、敢作敢爲。」劉曉波的朋友、人權工作者李曉蓉認爲奧斯陸的「空椅子」則是「壞事變好事」，她說：「我們一點不驚訝『空椅子』，北京對待她的公民從來如此，那可以說是常態，但是如果這一點讓國際社會感到震驚，那就很好，也許震驚就是這個世界了解中國眞相的第一步。」此刻，天文學家方勵之，天安門屠殺後曾躲進美國大使館十三個月，機智而俏皮的補充道：「從前在中國發生的所有暴行，從反右運動、大饑荒、文革直到六四大屠殺，都無法引起諾貝爾獎關注中國人，但是全世界從現在起對中國所發生的事情有興趣了，這標誌著中國的『大國崛起』，這不就是中南海想要的嗎？」

美國漢學家林培瑞，後來在《紐約書評》博客版發表了一篇包括上述文字的文章。文內描述的場景，正是我們幾個人從「海盜船博物館」出來，又去幾英里外找了一個咖啡館聊天，培瑞說他要給英文媒體寫點什麼，請我們隨便談談關於授獎儀式的感受。

「六四」前不久，我在北京初識林培瑞，一個老北京話說得比我還要標準的「洋鬼子」，他當時住在友誼賓館，就在人民大學對面，離我家很近。我們只見了一次面，好像就是談《河殤》。接著我們倆都捲進八九年春天那場風暴；待來年再見面，已經在普林斯頓大學了。

一九八九年二月二十六日老布希在長城飯店舉行總統告別宴，一個選錯了時間、地點、客人的德州烤牛肉宴，當時方勵之、林培瑞和我，都在羅德大使邀請的名單上。那天傍晚，我坐輛小車往東郊趕去，沿途只見軍警林立、如臨大敵，但是我們都不知道，那一路上瘋狂攔截的對象，只有一個方勵之，彷彿一個國家的整部機器在阻截一個人。老方後來跟我描繪他們當時的感覺：「就像在荒野裡被一群狼圍追。」——當時陪著方勵之李淑嫻夫婦的，就是林培瑞夫婦。

據林培瑞自己說，他跟中國之間的「最大轉捩點」，不是陪方勵之夫婦進大使館，而是那次陪他們赴老布希的宴會。原來，事後《瞭望》雜誌發了一篇〈方勵之赴宴背後的眞相〉的報導，署名「豫木」（音），很多媒體都轉載，居然編造了一個情節，說他們被攔截後，換了一輛車，想繞到長城飯店的後門進去。這篇假報導惹怒了林培瑞，他跑到《瞭望》辦公室，要找這個「豫木」對質。當然他不可能找到此人。但是他說：「我的這個經驗，是我研究中國四十年來最大的一個轉折。因爲到那時爲止我還是覺得共產黨、中國政府不會壞到那個地步。」這個故事，對林培瑞其人確有「如聞其聲、如見其人」之效。不過，大抵洋人——尤其是漢學家們——的「中國經驗」都是如此，即起初覺得共產黨很美好，後來才知道他們壞得不能再壞，只不過許多人爲了維持能進中國，就跟他們妥協，順便也撈點好處，只有極少數「洋鬼子」敢跟中共硬抗；林培瑞就是一個。

從一九九六年開始，林培瑞上了「黑名單」，被中國海關拒絕入境，原因至今不明。他曾讓我分析其中緣故，我說大概跟你擔任普林斯頓「中國學社」董事會主席有關，他卻不認爲有那麼嚴重。我說中共一直把普林斯頓這個流亡者群體視爲「海外敵對勢力」；這個邏輯，當然是一個美國人永遠不會明白的。當時，是劉賓雁和我等幾個學社成員，請求他來擔任這個職務的。我說過，是我們這些流亡者坑了他，因爲對於一個漢學家來說，不能進入中國的損失，是不言而喻的。不過，也許從他當年幫助方勵之那一天起，他就跟那個廣場結下不解之緣，使得他最終也變成一個「洋流亡者」。

「一個大兒子，一眨眼就沒了！」

李淑嫻喃喃自語地對我說，我們正從「海盜船博物館」走出來。她的痛徹是無以告訴的，那種無謂的損失，在我們這種一向講意義的人來說，尤其難以承受，又必須逼自己打碎了牙吞嚥下去。李淑嫻已經被折磨得形銷骨立，完全換了一個人。天文學家則是目光裡些許的遲滯，讓人一眼看到他的憂傷。大家都心知他們三年前經歷了那場「老年喪子」的大難。

我是〇七年十月間，從林培瑞那裡間接獲知這個劫難：方家小兒子方哲，在亞利桑那罹難，死於一場老人駕車闖紅燈的車禍。我有一種同病相憐的淒涼，給老方發去一個電子郵件：「災難總是猝不及防地偷襲我們……。」老方無言，只默默發來他們的「祭子文」：

> 方哲寡言，但不木訥，而極喜歡運動。北大物理系同事告訴李淑嫻：「校園裡每個球場上，都看得見你的小兒子。」高大，少言，身手矯健，這些特徵被警官學校的探子注意到了，方哲在一零一高中畢業時，就有人來動員他報考警校。他沒有答應。保鏢專業，不是他的興趣所在。不過，哲兒時常給我們當「保鏢」，在中國，也在美國。

我沒見過他們這個小兒子。身高一米八七，極喜歡運動，這樣的孩子，在美國該有多少歡樂啊。祭文中還披露，「六四」屠殺後，方哲曾隨父母進入美國大使館，然而兩天之後，他又祕密離開，藏在一輛車裡開出使館，再甩掉跟蹤。此後他竟一人在家等待避難於大使館的父母達一年之久。若將老方這段敘述，放置回屠殺後北京一派白色恐怖的氛圍中去，你可以想見，一個「國家公敵」的十幾歲的兒子，竟有如此的膽魄！再讀到他爸爸寫下「離奇的車禍，或許也是他在保護媽媽爸爸」這樣的告慰，直讀得我泫然淚下。

奧斯陸音樂廳

十一日白天沒帶傅莉一道去參觀「海盜文化」，她還是自己待在旅館裡。從九日晚間把她從雪地裡推回旅館後，她再沒出過門。雖然奧斯陸日短夜長，她卻連這個城市的白天也沒見過。想想她畢竟跟我來了一趟奧斯陸，就這樣白白地錯過諾貝爾盛典，我眞是不甘心，怎麼也要讓她去聽今晚那場音樂會。可是我只有一張入場券，我想央求某位女士拿著我的票帶她進去，卻張不開口。

晚飯後跟傅莉在房間裡，正徒然蹉跎，忽聽有人敲門，一開門，竟是隔壁的方政，他急匆匆地說：

「柴玲找了輛車，在旅館門口等著呢。」

「？」

「讓你帶傅莉去聽音樂會。柴玲在音樂廳大門口等咱們呢。」

我趕緊給傅莉換裝，坐上輪椅推下來；也有一個姑娘推著方政。我們一道坐進一輛轎車，往奧斯陸音樂廳趕去。這輛車的司機極熱情，他那一口熟悉的美式英語，在歐洲還不大聽得到。車到音樂廳大廈前停住，我們下了車，柴玲跑過來，一邊來推傅莉，一邊跟我說：「我來弄票，我來弄票。」推到大門口，她說你們在這裡等著我，就跑開了。

我煞住傅莉的輪椅，站定了，卻不見了方政。這時看見旁邊還站著一位白人男子，對我們笑笑，挺眼熟的。隔了一會我才想起來，這不是美國聯邦眾議員克里斯·史密斯（Chris Smith）先生嗎，來自新澤西州的共和黨人。二十多年前他來普林斯頓大學找過我，當時還是一個英俊小夥子，說他要去北京一趟，希望能去看看傅莉——那時傅莉被中國政府扣押在裡面，不准她出國來找我，像人質似的；國會共和黨議員史密斯和沃爾夫到北京都順道去探望過她。誰會想到，傅莉跟這位議員先生再見面，竟是在奧斯陸！我這才明白，原來今晚就是他出面跟大使館要了車，來接方政和傅莉兩個殘疾人。他說柴玲要他照顧傅莉和我，等她去弄票。等了一會兒，音樂廳大門口空寂起來，我對克里斯說，你先進去吧，我們在這裡等，沒問題的。他遲疑了一下：你確定？我點點頭，他進去了。

不一會兒，有兩個人朝我們走來，大概是音樂廳的管理人員，柴玲跟在後面，對他們說：「就是她。」兩人走過來先問我：「你有票？」我把我的票給他們。他們說跟我們走這邊。柴玲跟我們招招手，就沒影兒。兩人把我們領進左側二樓非常靠近舞台的座席，在樂池左上方，雖然偏一點，但看得清清楚楚。演出已經開始。換場間隙時，我發現鄰座一對夫婦的那位太太也使用輪椅；原來這裡是殘疾人座席！

我們在西方幾乎不曾體驗過這種幾千人的大型音樂會，對西方娛樂界完全陌生，市井裡鼎鼎大名的那些歌星、影星不認識幾個，更不要說風靡民間的歌曲了。坐在這裡也就是湊個熱鬧、享受一番氣氛而已。比如今晚這台歌舞，我只知道主持人是好萊塢黑人男星丹佐・華盛頓，女主持人是新星安・海瑟薇，但是對輪番出場令挪威觀眾尖叫不已的那些歌星們，以及他們唱的什麼，則一頭霧水。傅莉很安靜地觀看著。我得到的印象是，大部分節目是西方搖滾音樂，其中有一齣印度歌舞，卻沒有一個中國節目；儘管今年的和平獎得主是個中國人。——中國崛起二十年，在人文藝術領域仍然無法進入國際大舞台。

中場休息時，我出來四處轉轉，希望碰到什麼熟人，卻遍尋不著。我很怕散場之際，人潮洶湧，我們怎麼出得去這音樂廳、出得去又怎麼回旅館？我們是跟社會脫節的人，失去了處理這種場合的任何經驗，還不要說是在一個陌生的歐洲都市裡。我決定不到終場就先離席。在最後一個節目的最後高潮中，我推著傅莉匆匆離去，記憶裡卻深刻地留下了劇場裡那歡騰的場景：一個美國男歌星（後來在網上查到是巴瑞・曼尼洛）正唱著很纏綿的〈Can't Smile Without You〉，全場應和；此情此音於我竟是餘音繞梁，三日不絕。我推著輪椅上的傅莉來到前庭走廊，空蕩無人，出了音樂廳，叫一輛計程車回到旅館。不久方政也回來了，說柴玲和李曉蓉還在音樂廳大門口找我們倆呢！

返程回美國，大家都乘同一架飛機。我們自然還是跟李曉蓉、林培瑞一道走，方勵之李淑嫻夫婦、柴玲、方政，克里斯・史密斯議員也在這架飛機上。我和傅莉回程的座位在經濟艙的第一排，座位前面的空間比較大。

我們坐下後，見方政坐輪椅進了座艙，一直朝後艙滑去。我一時並無反應。後來飛機起飛了，我覺得哪裡不對勁，想了一想，呵，是方政，他怎麼坐得下？我起身去找他。到很靠後艙地方，方政擠在一個中間的座位裡。

「你瞧，我得卸掉兩腿假肢，才坐得進來……。」他對我說。

「你到前面跟傅莉坐一塊去，我來坐這裡。」

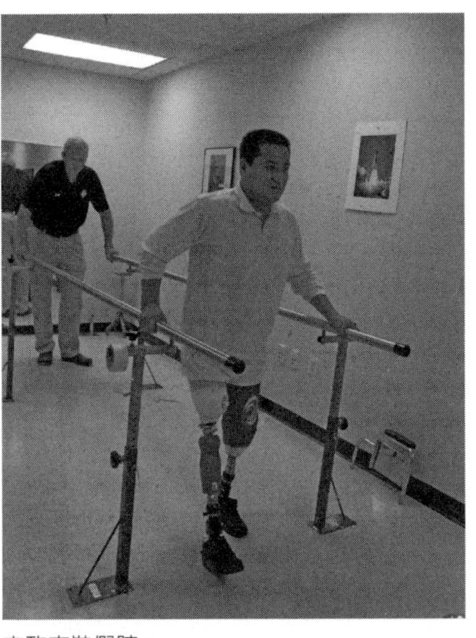

方政安裝假肢。

我們換了座位。我睡了一路，彷彿傅莉不在身旁，便無牽掛似的；又彷彿把傅莉扔給方政去照顧了。回到家裡傅莉告訴我，她跟方政聊了一路。她知道方政的兩條腿是在六部口被坦克輾掉的，但是他們只聊他來美國後的生活。她問方政的太太做什麼，他說她在中國是擊劍運動員，在這裡只能給人家看小孩了。「那她可以在這裡開一個擊劍班呀。」傅莉建議道，方政只是笑笑。方政失去了下肢，坐在輪椅上顯得腦袋特別大，但我覺得，他確實因失去下肢而頭腦變得更機靈、更聰明，這大概是人體的一種神祕調節機制。方政在奧斯陸給我的深刻印象，是他的機靈超過一般人。方政也跟傅莉說，他們有一個女兒，非常想再生一個。——一年多後，我們得知方政夫婦又添了一個女兒。

傅莉說，飛行期間，柴玲跑到他們座位那裡，蹲著跟他們說話，好像還爲他們兩個殘疾人禱告來著。柴玲成爲一個基督徒，是半年前的事情。前一章末尾我寫到〇九年「六四」，王丹在華盛頓D.C.組織「六四倖存者二十年重聚首」，我們碰到了柴玲，其實她是消失很多年後，五月分在波士頓迎接方政來美國的聚會上，第一次露面。二十年來她也一直承受責難，要她對天安門血案承擔責任，她只有躲起來，說明這姑娘的心地畢竟善良，而不像紅衛兵一代毫無內疚。到年底十二月初她給我發來一個郵件，說她讀了我的《離魂歷劫自序》深受感動，「你所經歷的那些痛苦、跋涉、見證，我都可以觸摸到；我因爲我媽媽的病逝和我爸爸的掙扎，也更是能體會你們兒子蘇單的痛苦……，我和其他一些朋友都佩服你的勇氣和奉獻。」後來她又打電話來，談起國內基督徒受苦、被強迫墮胎、流產婦女的痛苦，說著就在電話裡飲泣起來；不過她說她尚未受洗……。

柴玲對《離魂歷劫自序》的解讀，有兩點頗令我意外。一是她讀到我描寫的氣功求治經歷（嚴新氣功），便覺得我們是因氣功而隔離了福音信仰，因爲她自己便是在國內逃亡期間，曾經受到氣功人士救助，因而不願背棄佛教去信耶穌。第二點，是關於傅莉在失去記憶的恍惚中，遇到她難產時死去的一個兒子，和她僅有的一次墮胎的那個孩子，竟然都來找她了。這個故事給她非常大的震動。

二〇一〇年暮春，一天早晨我發現有封郵件的標題「柴玲信主了」，是張伯笠發來的，寫得熟練而動情，郵件後半部分是「柴玲的見證」。我注意到，她自述「獲得新的生命」的那一刻，恰在十二月初。柴玲是偶然踏進一個反對強迫墮胎的女權領域、並接觸到中國國內強制流產的殘酷現實，從而茅塞頓開、聽到了天音。其實，柴玲走向靈界的路徑也是很自然的：中共拒絕她，中國人也對她關上大門；當耶穌向她敞開門時，她就走進去了。

但直到這刻，我也還沒明白，爲什麼她的「決志」（福音語言中指「接納主」），是經由反省墮胎、流產、喪失胚胎這樣一條路徑？

她偶然踏進一個反對強迫墮胎的女權領域，在國會聽證會上聽到吳建的故事，一個未獲准生證的中國孕婦，被拉到醫院，先用注射未弄死胎兒，接下來乾脆將其剪成碎塊。柴玲聽後幾乎被轟毀，「她的描述將我帶回了六四晚上的無助和痛苦……，我知道它觸動了我內心最深的地方。」她想起坦克開過來時的感覺；想起自己十八歲時在家鄉一個診所裡的第一次墮胎；也想起在巴黎做掉了她跟封從德的那個孩子，因爲他們已經形同陌路，她甚至還挨了封一巴掌，這個孩子活著的話，該二十歲了……。

吳建故事提供了一個契機，使得柴玲進入到自己「內心痛苦、悲傷、無助的隱藏地」，只有在那裡，她得以隔開距離、在更深度的含義下，重讀「屠殺」——那剪碎的嬰兒，正是天安門廣場上學子們被坦克輾碎的拳拳報國之心；同樣的，她也得以重讀自己墮胎的全部含義——女性在中國無論是被「一胎化」強制墮胎，還是制度性因素令青少年性知識闕如，一次墮胎就是毀滅女性的一部分生命。墮胎是屠殺的另一種形式。

假如把話題引往更深處：屠殺與墮胎這兩件不相干的事情，爲什麼到基督面前，會產生相關的含義？我想這涉及到終極意義。屠殺自不待言，屬於滅絕人性，只能在終極層面討論它；墮胎的含義，因爲涉及生命的界定，雖然更複雜，但在母親一端，「從身上掉下來的骨肉」，已經跟母體的生命、意識、精神相連，再也不可能切斷了，只不過人們不在潛意識裡便無感覺。

這是引自二〇一一年底我爲柴玲自傳寫的書評〈穿海魂衫的女孩〉中的幾段。那年十月間，有天深夜柴玲打電話給我，說她的自傳《柴玲回憶：一心一意向自由》在香港出版了，她剛收到四本新書，隔夜快遞一本給我，要我給她寫書評。我已風聞她的自傳英文版，但不知內容；更早在〇九年「六四」聚會後不久，她就跟我討論過她的自傳，大致還是「學生理想主義被曲解」一類的想法。所以我對她這本自傳原本並不抱什麼期待。

然而讀後卻完全出乎我的意料，眞是難得有這麼好一本「性別話語」的文本，恐怕連柴玲自己也沒有意識到。其精彩之處，不僅在於她娓娓道來在那場「革命」中，她這個女性領袖，是如何受兩個男性（丈夫和副手）的主宰和支配，崇拜並聽命於他們；更關鍵的是，她從重讀自己「墮胎」，才得以重讀「屠殺」，顯示了一種唯有女性才能獲得的救贖。弔詭的是，這本書也顯示了政治話語（廣場責任）徹底壓倒性別話語的曖昧，最終結束於福音話語。我在結尾寫道：「選作封面的那張照片，是一個眼神裡依然滿含憂鬱，恐懼猶存，但堅毅已然壓制不住的柴玲。」

橫越大西洋飛返北美，大家在紐瓦克國際機場分手，各奔歸程。我們都不知道那個分手，竟是跟方勵之的永訣。老方從奧斯陸回到亞歷桑那州土桑市半年多後，即二〇一一年夏天，「離奇」地染上怪病「亞利桑那山谷熱」，高燒、寒顫、劇咳、嘔吐、關節浮腫、體重驟降、全身出水痘樣紅斑，「人皮如鬼皮也」，而且此病無藥可治。據老方兩個月後寫〈親歷亞利桑那山谷熱〉通告友朋之「簡報」，他居然是靠醫院裡一位老護士的「特殊療法」，服藥快速發汗降溫，奇蹟般地復原了。

但是過了半年，約二〇一一年底我們間接得知，遠在土桑的老方病得很厲害，心臟功能和腎功能均衰竭，醫生發現是他服用治肺的藥所引起的。我記得老方敘述罹患「山谷熱」時，說他「左肺被該菌占領一半」。難道他還沒有逃出那一劫？還好，這次的病情又被控制住，春天開學後他又可以去教書了。

然而，四月六日早晨，方勵之臨出門上課前，突然倒下了。這次，他眞的走了！在獲悉他離去的空白中我才意識到，就流亡的慘烈而言，無人可以跟方勵之李淑嫻夫婦相比：他們承擔了沒有底線的代價。先是他們的幼子，在三十多歲的黃金年華，無端殞命；三年後，老方又遭「從深層地下湧出復仇」的細菌偷襲，雖然他以頑強的生命力搏鬥了三番，但誰敢斷定，那細菌不是趁了老方喪子巨痛的虛弱，而偷襲了他呢？

就在我行文至此的幾天前，因籌畫方勵之文集出版事宜，我打電話去土桑跟李淑嫻討論，她還沉浸在未竟的痛苦中。她告訴我，死亡鑑定認爲方勵之沒有任何心臟和血管疾病，他的猝死是藥物導致的。她已經查明，老方罹患的「山谷熱」，近似肺結核，專科醫生給他服用的一種治肺藥物，對心臟非常不好；誰料想，老方出院後，他的家庭醫生又給他開了這種藥物。方勵之毫不知情地服用了極爲傷害心臟的藥物，而且是雙倍。這種藥物的過量殺死了他；顯然，背後隱藏的主要因素是醫生的粗心。李淑嫻眞是無語問蒼天！

那天在紐瓦克機場，我遠遠看見陳奎德也在等候轉機。他不湊近我們一群人，顯然是有礙於我和傅莉。其實，幾天前從這裡飛奧斯陸時，傅莉就悄悄跟我說：「我看見陳奎德也來了，他想跟我打招呼。我不理他。」

很多年了，我跟陳奎德常常在各種會議上碰面，互相點個頭罷了，尷尬、隔膜、芥蒂，說不清是什麼。普林斯頓「中國學社」散夥後，有的人被「自由亞洲電台」錄用而遷居華府，聽說他也搬去華府，沒去那個電台，是給「勞改基金會」吳弘達辦一份網刊《觀察》。有一次我在那裡讀到他撰文說，他的雙親故去，中共皆不准他回國奔喪，言辭淒涼。八九前他在上海是一個單純的學者，流亡後在普林斯頓「中國學社」，也是一般成員。但我們車禍後，他頂替我的位置，做學社執行主席，使得他的海外身分升級，成了異議分子主角，絕了回國的後路，也算是他承擔車禍的一種後果。

另有一個後果，是他妻子傅紅跟他離異了，內情不得而知。可以猜度的是，這個開翻了車的女人，沒有辦法跟丈夫再把日子平靜地過下去，他們的婚姻被這場慘劇綁架了。她要另過一種壓力稍小的生活，只有離他而去。留下陳奎德，妻離子散，人朝六十以後走了，孤身在華府給人打工，世道冷暖唯自知。

那天再從紐瓦克機場轉機至華府時，夜已很深了。驅車回德拉瓦的路上，又只剩下我與傅莉兩人。傅莉上了車就沉沉睡去。兩束車燈相伴著穿越重重夜幕往前奔馳。極度疲憊也極度清醒之中，悠悠的，我的耳際又聽到了奧斯陸市政廳那舒緩而淒婉的

〈蘇爾維琪之歌〉：

冬天不久留，春天要離開，……

夏天花會枯，冬天葉要衰，……

一年年地等待，我始終深信，

你一定會回來，你一定會回來。

尾聲　失憶者

我要陪她再長大一遍。歡樂和悲苦，都像是孩子式的，是苦也是樂。
一切都是她原汁原味的。

美加交界的九十號公路依舊，車禍十年後的夏季旅行竟又去它那裡，彷彿黃泉路一遭，末了總要去銷帳似的。○四年夏天我們一家三口順這條公路赴多倫多，去傅莉的小妹家走親戚。這次是蘇單開車，他很老練了。《離魂歷劫自序》開篇就從這九十號公路寫起的：「美加邊界的這條公路，雖不寬敞卻是上下道分離的，中間隔著很寬的草坪，典型東岸式緩慢、持重的風格……。」

一路穿過看似貧瘠的北賓州，進紐約州西部，已然沒有當年新英格蘭茂盛之感，倒是進入安大略境內，湖色長天，忽然遼闊起來，大多倫多地區恍然成另一個涼爽的加州，或不太荒蠻的德州。據說九七香港華人大灌多倫多，人口成加拿大第二大城市，他們帶來的資金技術或許開發了這座城市，零售業尤其餐館業發達，價格低廉；加上北美的公路、城建等硬體，乃成一華人退休勝地。我對連襟說，如果我們不想在一個北美的郊區（suburban）度過冷寂晚年，也許會選擇來此地跟他們做伴。

這裡還有一位老朋友羅琳（Lorraine），八○年代普林斯頓畢業的加拿大姑娘，跟林培瑞學過漢語，發音準確而流利，幾乎沒有外國口音。當年的普林斯頓「中國學社」，就是請她來做辦公室主任，管理一群「六四」流亡者，而我是選舉出來的執行主席，我們倆要負責做財務預算、給捐助者寫彙報、籌畫和安排學社的培訓、研究和學術會議等等。她是一個對中國近乎痴迷的「老外」，大概因此而終於在虛僞複雜的中國人圈子裡碰得頭破血流，末了回到簡樸的安大略懷抱裡休眠起來。

我去看她。她住在瀕臨安大略湖的一幢簡易樓房裡，湖水幾乎打到窗邊，優美極了。她做網頁設計爲生，丈夫是摩洛哥人，一個烹調師。羅琳回憶說，十年前我們車禍之初，她已離開普林斯頓，但余英時太太陳淑平找到她，請她打電話到醫院，勸我要聽醫生的話，傅莉尚在急救室，而我幾乎瘋了。她說：

「那時候，醫院說她變成vegetable的可能性很大，你知道vegetable的意思吧？我不知道中文怎麼講，就是什麼都沒有了，但是人還活著……。」

「是植物人吧？」我說。

我第一次聽到這種說法，也是第一次知道，「植物人」在英文裡，竟然就是「蔬菜」（vegetable）；蔬菜當然就是一種植物。

九三年暮夏我在伊利縣醫院瘋狂給傅莉灌西洋參湯（由此加劇了她的假性球麻痺症之吞嚥障礙）之際，根本不知道她其實曾被判爲「植物人」的！醫院通知了普林斯頓，學社卻瞞了我。那會兒如果他們告訴我實情，我大概會瘋掉。所以有時隱瞞眞相，具有心理學意義上的必要性。

二十多年過去了，至今普林斯頓無人跟我提及這個細節；倘使我不來一趟多倫多見羅琳，大概永遠也不會知道這個可怕的細節。也就是說，當時普林斯頓的所有人瞞住了我一個人。今天回想起來，與其說那時大家怕我垮掉，不如說整個群體也難以面對這樁慘劇。一個病人將牽連周遭親友皆陷入某種扭曲的精神病態或文化生態，更何況是一個植物人呢？面對同類的殘存情況，人類的承受力到底是很有限的。

車禍最初那半年多，我雖癲狂，卻並未面對一個植物人；這個厄運，卻是由日後的漫長歲月慢慢顛覆的，並最終證明我們是何等幸運。

我甚至是從新聞裡的一個「植物人故事」中，讀出了我的幸運。〇五年四月間，媒體都在報導一則「女植物人丈夫要求對她安樂死引爭議」的新聞。「安樂死」爭議，類似墮胎問題，在基督教社會裡是一種「終極爭議」，是非莫辨。在佛羅里達醫院裡躺了十五年的美國女植物人特麗・夏沃，終於由她的丈夫麥克成功說服法院，拔去其進食管；但是特麗的父母則極力試圖挽救她的生命，並控告女婿曾虐待特麗。媒體說：醫院護士和朋友們都稱麥克是一個「聖人」，批評者則說他是一個「凶手」，但雙方都不否認這樣的一個事實：他曾默默地照顧躺在病床上的妻子達十五年之久。

這個新聞給我的最初衝擊，是麥克伺候植物人妻子十五年所需的心理承受力，那是我不敢想像的。接著我便想起，九四年早春，傅莉在愛迪生復健醫院，越過瀕臨植物人的那個腦傷等級而醒轉人間，曾令她的復健醫生驚異不已，竟然對保險公司說：

「我不知道她是怎麼越過這個很難恢復的階段，反正不是我做得了的。」

因這一樁天賜之幸，我們才擺脫夏沃夫婦的悲慘境地，不必去應對生死選擇的倫理。此乃上帝留下了傅莉，而無須叫我終有一日要去做一回麥克所為。今日想來，我被拯救而至的境地，無非是要面對一個殘疾的傅莉，我竟十年呑嚥不下去，苦苦折磨自己，眞是何苦來？

「你駝背呀！」

嚴家祺在布魯克林五十三街地鐵口接我時說。他說駝背會造成內臟偏掛前側，越掛越偏，上年紀就直不起腰了。「那可嚴重啊。」他說。我知道，他的意思是要我挺起胸膛來面對命運，那也是他對自己的要求。我們都被壓得喘不過氣。

○二年底我曾抽身跑了一趟紐約，只想去看一眼八十六歲高齡的戈揚，以及司馬璐先生，覺得再晚也許就見不到了。也只有這老太太還讓我有這樣的牽掛，尤其他倆不久前結了婚，忽然非常想念他們。我先找到嚴家祺，讓他領我去看戈揚。他們兩家都住在布魯克林，經常走動的。後來家祺回憶道：

從我家到戈揚家，要步行近二十分鐘。我與高皋常去看望戈揚，戈揚有時也來我家吃飯。有一次，我在華人區的街道上走著，突然看到一個熟悉的臉容，背微駝，無精打采，慢慢地迎面走來，正是戈揚。我猛然意識到，這是一個年近八十的老人，孤苦伶仃流亡異國他鄉，在到處是陌生人的街道上，我看到了一個完全無助的戈揚。而平時人們見到的神采飛揚的戈揚，她的精神完全是靠意志打起來的。

家祺開了他那輛巨大的舊林肯，帶我從布魯克林去法拉盛，在一簇簇的紅磚樓群中找到戈揚他們那棟。兩年前，八十四歲的戈揚做了心臟搭橋手術，所有人都替她捏把汗，她說自己因爲在美國，才有幸「死而復生」。那是我最後一次見老太太。她跟司馬璐相依爲命度黃昏的故事，廣爲流傳。後來我只間或從家祺那裡獲知一星半點老太太的消息。不知從何時開始，聽說戈揚住進了「安養院」，又得了「老年痴呆症」，誰也不認識了。家祺說他曾數度帶朋友去看她，她已不能說話。大概在〇八年，我數度起心動念，想再跑紐約一趟去看看老太太，卻又怕去了老太太不認識我了。「老年痴呆」大概是比「植物人」稍高一個等級的大腦疾病，然而我守著一個腦傷病人度日，很怕再見另一個。

〇九年伊始，曾慧燕來電郵：「美東時間一月十八日凌晨十二時十六分，接戈揚大女兒胡小米來電：剛剛接到醫院通知，戈揚已病逝法拉盛醫院，享年九十四歲。謹此泣告。」一週後我去法拉盛參加戈揚追思會，要跑一整天，便爲傅莉備好午、晚兩餐。平時我從德拉瓦的威明頓市坐國鐵到曼哈頓中央火車站，快車不到兩個小時，不出站即可換地鐵到時代廣場，再乘七號線去法拉盛。我這個鄉巴佬也只認這麼一條道兒。未料這是個週末，七號線不停時代廣場，我抓瞎了，東問西問，又反覆倒車兩次，好不容易摸到法拉盛會場，追思會早已開始。輪到我發言，我說：

老太太終於安息了。我在北京就管她叫老太太，不叫阿姨。那時，她是北京文化圈子裡的一個精神凝聚的中心，許多自由派的知識分子、作家、文化人，無論體制內外的，都圍攏在老太太的周圍。她有很大的親和力，不止是她對那個吃人制度的驚人的覺醒，還有她的慈愛、包容、細膩。她常常請我們在最好的餐館吃飯，她坐在中間，那股雍容的氣度，我是見過的……。

失憶苦樂說

腦科、神經科，到二十一世紀成爲顯學。以前，腦是人類研究最少的一個器官，由於相關研究的發展，如分子生物學、細胞生物學、基因體科學、核磁共振、生物資訊學等，腦的神祕面紗逐漸揭開。

腦的研究，並非只針對神經系統疾病，如帕金森氏症、老年痴呆症、腦瘤、癲癇、智障等，更重要的是研究腦的認知功能，如記憶、學習、情緒、語言、親密關係、美感等。人的「社會認知」行爲非常複雜，必須把內在的身體情況、對自我的認識、對他人的感知及人際之間的動機仔細整合，以達到嫻熟的社會功能，這一過程稱爲「社會認知」。

目前神經科學的研究確認，人腦額葉內區的前部就是掌管社會認知；此區掌管了我們的自我認知（self-knowledge），對別人的感知（person perception），還有體會別人的心理層面的能力（mentalizing，另有一詞mentalist，心靈主義者、算命者、自稱能看出別人思想的人）。此區受傷的病患就失去了上述的社會認知功能。這些知識，也許可以用來解釋傅莉受傷後拒絕外界的原因。——難道她被自我暗示，腦傷後感知別人的能力降低，最好是減少接觸外界，以自我保護？有一天她忽然說：

「我的腦子要早清醒幾年我怎麼受得了？」

「妳的意思是，妳受不了左側癱瘓？」

「可能吧？反正我現在不敢想像前幾年的我。」

「前幾年妳難道沒意識到自己殘廢？」

「我不知道。」

腦傷病人的這種時間差，和單純的肢體癱瘓者比起來是何等幸運。也就是說，清醒更爲痛苦——這個情形，頗可拿鄭板橋的「難得糊塗」作一旁注：正常人裝糊塗是爲了少痛苦，腦傷者則是失去了感知痛苦的能力。

在我的經驗裡，一個腦傷者與社會的關係，毋寧病人被社會（正常人）所誤解的成分更大，人們似乎只有能力接受她的肢體癱瘓，卻不懂她的腦力、心智、情感的癱瘓。這方面的「醫盲」很普遍，彷彿那是一個完全未知的世界，一般人對此連常識都沒有；這當中，又以社會不能忍受腦傷者的非理性反應爲尤，相形之下社會反而是病的，難怪西方文學常以瘋癲者爲主角。這是一個社會接受度的文明深淺的問題。

一個人的往事因失憶而消逝時，他這個人也就逐漸消逝了。我們對現在的理解和對未來的展望，依賴我們與過去溝通的能力。當我們失憶而不能在時間中旅行，就失去了關於我們是誰、向何處去的根基感……。

上述這段文字，是從《找尋逝去的自我——大腦、心靈和往事的記憶》中摘錄出來的。作者丹尼爾・夏克特教授是哈佛大學心理系主任，曾在北卡的一間退役軍人康復醫院，記錄、研究腦傷病人的記憶。○三年我回北京奔喪期間，在一個親戚的書架上偶然看到這本書，順手借回來讀，卻一直讀不進那些抽象的理論文字。雖然我身邊就有一個現成病例，並也天天爲其失憶的種種情景焦慮，免不了也會用自己的「心理學盲」，去圖解那種種，尤其渴望解釋她「拒絕外界」的執拗。

夏克特教授說，人對往事的記憶有三個系統：語義記憶，掌管一般知識；程式記憶，學習技能和形成習慣；但記憶的提取必須在一定時空背景之中，帶有某些線索的，這是因爲提取者乃是相應事件的參與者，提取時帶有主觀體驗，這就出現了一個特殊的記憶體系：情節記憶。腦傷者常常還能保持前兩種記憶，卻失去許多第三種記憶的能力。

這本書講了很多腦傷病例，我印象最深的是吉恩的故事。三十歲的吉恩，一九八一年在摩托車事故中嚴重腦傷，大腦額葉和顳葉大面積毀壞，忘記了他的大部分往事。「在心理學意義上，一個人若失去了對全部往事的情節記憶，那麼他的人生就會變得貧瘠乏味，就像淒涼蕭瑟的西伯利亞荒野一樣。吉恩的心靈空白一片，生活一無所有，沒有一個朋友，安靜地和父母一起生活。」——失去情節記憶的人，每天重複日常生活，也不會思考計畫未來。

據說伊拉克戰爭裡，兩萬美軍傷患中百分之二十有外傷性腦傷。一位神經心理醫生說，腦傷是一種公眾所知甚少、也不願面對的一個煩惱，「在這個國家，你若腦子受傷，就沒人理你了，因爲我們這兒太推崇智力。人們一提起諸如精神、心靈的事情就有點害怕；你得了腦傷還能指望誰呢？」這種情形，在當年的越戰老兵悲劇中已經很明顯：那些有腦傷的老兵，「最終不是進監獄就是進醫院，或者流落街頭。」

傅莉究竟失去了什麼？我不懂專業性的描述，因此說不清楚。她並沒有忘記她的全部往事，卻似乎一直喜歡說童年，好像那個時代的「情節記憶」拽住了她。她也可以學習新東西，只是意願不高。至於未來，她確實很茫然；過去模糊了，未來也渺茫了。

我只隱隱覺得，她失去的智慧中的高級成分，其實是一種分寸感，極微妙的區分能力，或者說辨別微妙差別的能力。記得父親曾教我，人的高級能力中，有一種區分差別的能力，極為重要；對微妙差別的辨別能力越強，這個人越有能力。雖然父親大致是在講為文之道，我後來慢慢懂了那也是人的一種魅力。傅莉曾是這樣的一種人，我在書中說她：「從前的她，腰板直挺、胸有成竹、事無巨細地站在小路的這一端。」現在回味起來，指的就是她那非常細膩的分寸感魅力，如今我已無法描述得具體而微了。她對人對事，是可以一眼之下就拿捏出一個合適分寸的，那種天生的直觀能力準確得很少出錯，乃是一種天賦，後天學也學不來的，所以她的人生，除了人力難違的天道大勢作梗之外，只剩下駕輕就熟、氣定神閒而已。這點天賦，被車禍撞得所剩無幾。

她孩童或少女期的性格，頑皮、惡作劇、幽默、絕不饒人等等，都露出來了。這

她的人生，原該是駕輕就熟、氣定神閒的。

是她被重建的跡象嗎？氣功講究練功時默想自己七八歲時的樣子，一切都以返童為好，這倒是順乎人被重建的理路。但她也許就像被重新裝配過了呢？

傷殘，是否也傷掉了一個人的優秀成分，還是病痛折損了人的意志？做物理治療最忌諱湊乎，可是她如今做不到，就對付。她曾是何等一個連對付、湊乎的下意識都沒有的人，卻被惰性淹沒到了脖子。我幾乎無休無止跟在她身後嘮叨、糾正她的動作錯誤，可是一點效用都沒有。腦傷將她剝奪得所剩無幾，已經沒了逞強、認真、不低頭的那分天性，毋寧是過一天算一天。她其實從未自覺到腦傷是需要一切從零學起的，所以她退化到了幼稚狀態，在面對極度頻繁的體能鍛鍊時，惰性便會作爲一種天性而生，就跟小孩兒的偷懶一樣。

然而就在她茫然於腦傷和癱瘓之際，她過去的醫學知識卻也回來了一點。美國人五十歲以後風行服用阿司匹林，家庭醫生要我們效仿，她卻很有職業性的警惕，說阿司匹林對血管裡的高血脂堆積和血栓雖有化解作用，但它有抗凝血的副作用，對容易出血的人來說，隱患也很大。「別忘了你得過胃潰瘍！」她警告我。

她與外界的交往能力，所謂 social skills 幾乎等於零。這樣的殘疾，也許只比痴呆稍好一些。她只剩下一點自理能力，在一個封閉環境裡有基本食宿供給的存活能力。這種結果，究竟是腦傷的程度所致，還是因爲我們長期脫離醫院？唯一能確定的是，我必須陪她到終老。以此而論，我下決心離群索居，買一棟與世隔絕的房子生活，仍未必是下策。

我要陪她再長大一遍。歡樂和悲苦，都像是孩子式的，是苦也是樂。一切都是她原汁原味的。我同她一道去走那條被重建或者被裝配的路，掐指走了二十年。我反而是幸福的。

瞬間人生

「一轉眼我都五十七歲了！」

傅莉嘆道。當時我讓侍者給她端了一杯葡萄酒。〇九年春，傅莉第一次主動說她的生日快到了，九三年以來第一次。「給我買個蛋糕吧。」我聽了這話只有心酸。她還想要點氣氛，我們就去一家義大利餐館。席間我曾嘆道：

「以妳的性格，留在國內會被整瘋掉，可妳出來就變成殘疾人！」

「那我也寧願出來。」

她是今生不悔。九三年她才四十一歲呀。她心裡其實是很苦的。新世紀初期，她老要我播放那陣子很風行的電視劇《人間四月天》，後來我忽然明白，她所以一再的看，並不是爲了徐志摩的愛情故事，而是喜歡聽那裡面的主旋律；一個很壓抑、凄涼的慢板，很像過去革命電影裡表現苦大仇深時總要陪襯的那種背景音樂。我就調侃她：「有那麼悲痛嗎？」她低聲說：「聽著心裡反而好受。」也許，那是她在調理自己的心境，就跟她調理神經、肌肉一樣。

而我何嘗沒有自己的悲苦？二十年前在復健醫院裡，我說過一句「來了一個女兒」，二十年下來才發現，當初我可以把她化作「一個女兒」來緩解我的愧疚，可她到底不能因爲作了「女兒」而使我的生存稍微好受一些。我是需要妻子和愛的，她卻再也給不出來了。

她變得自衛、自顧自的意識極端強烈，因爲她的心智永遠沒有安全感。這在另一面就表現爲恐懼外界，討厭外來的任何人。是不是她的心智再也無法意識到我的存在了？她對我的漠視，是由於安全感喪失，還是無法控制情緒，或是礙於表達的困難？總之現在才知道，情感乃是極高等的心智，愛則更是其頂端，所以西洋世界視愛爲無上，且憐憫心智缺陷者，都是絕對的、無條件的。我在她大約恢復了六、七年時，爲解悶教她上網看新聞，我的本意是擴大信息量、增大外界視野對腦力激盪有好處，誰知從此她對政治高度興趣，無意間顯示政治乃是標準的俗物、簡單重複的玩意兒。

於我，互換不了的、沒有回應的情感施予，是一種輸出，之後只剩下虛脫，因爲沒有填充，這也是道德難以支撐的地方；或者說，只剩道德在支撐，情感卻無聲無息地乾枯了。在她，二十年歲月流逝的結果，雖然她的身體恢復到可能性之極限，甚或是極限的不斷突破，但終於可以發現的是，創傷最重的不是身體，而是所謂 mind——譯成心智或智慧。而這東西一傷便似乎好的那一部分消失，給你的只剩不好的；說得絕情一點，所謂「恢復」，只意味著好的那部分的返回，可卻遙遙無期。

二〇〇一年春天，《離魂歷劫自序》英文版寄來的前一天，早晨我起床剛套上長袖衫，就聽她在被窩裡說：

「我現在才想到，你是個famous person，我要死了，蘇單就倒楣了……。」

「爲什麼？」

「你很容易再找一個呀。」

我無言以對。只覺得她的腦子漸漸開竅了，要知道，她非得從女兒重新長大爲妻子不可。不過，這個過程對她太殘酷了。我的文字，一直寫不出那種難以言傳的情景，即傅莉生性好強、氣盛、要面子，傷殘之後的那分痛苦遠甚於常人，甚至嚴重阻礙治療。比如，她竟連如何使用輪椅也沒學會，殘疾人恢復初期靠使用輪椅得到的一些體能恢復，如臂力、腿勁兒，她都不夠。她就是拒絕坐輪椅，這點脾氣很折磨她。現在她則是越清醒越恐懼外面、恐懼失去我，我掌握著她的後半生。律師已爲我們擬好了遺囑，我還能往哪裡逃？有一次《美國新聞與世界報導》採訪我，最後問我想對美國讀者說什麼，我說希望分享兩條：第一是生命極爲短促易碎；第二是無論怎樣，都不要輕易放棄。

蘇單：今天早上起床發現外面在下雪，我立刻感到對你的威脅。不知道美國的醫院裡怎麼處理這類情況？你耐心和氣地向老醫生、護士打聽一下。總之遇到不好處理的事情，記住多問問人，自己再慢慢適應，這樣時間長了就是一個有經驗的醫生了。媽媽

這是二〇一一年元旦前後，我們剛從奧斯陸回到美國不久，暴風雪橫掃新英格蘭，德拉瓦則降雪不大。傅莉的電腦鍵盤旁，擺著這張她草擬的紙條，想打成一個電子郵件發給兒子，被我勸止了。

不過我留下那張紙條，貼進日記本，作爲一個標本：擔憂兒子不成熟的典型思路，也彰顯了一種脫離現實生活的空洞——應付下雪天，跟當好一個醫生，被奇怪地組合在一起；而且，這樣內容相同的電子郵件，近幾年來她已給兒子寫了許多次，甚至連句式都一模一樣。她一點都沒發現自己在重複，也不會爲兒子嫌她重複而擔憂。語言陳述和表達的欠缺，自然是她的腦傷所致，而擔憂兒子乃是一個母親的常情，永遠都如此。甚至，她一點都不爲兒子繼承了她的醫學專業而欣喜、安慰，只是一味的

心疼：美國實習醫生，必須每天工作十個小時以上，也沒有週末，兒子學的泌尿科，實習期長達六年！

到了二月分，我帶傅莉去看她的腦神經科醫生，半年一次例行檢查。那醫生也是個猶太人，已經六十多歲，傅莉從受傷一開始就求治於他。他的病人大多是老年的神經系統疾病，如帕金森氏症、老年痴呆症等等。他每半年檢查一次傅莉的肌肉張力，只需用手敲擊膝蓋，再讓傅莉握拳捏他的手指，如此而已，連儀器都不用。這次，他敲敲這裡、捏捏那裡，竟自言自語道：

「Miracles……How could it happened……Don’t know……。」

我說，這是你治療得正確呀。他默然。又問了一句：

「多少年了？」

「十八年了。」

「可不是，十八年了！」他口算了一下說。

他後來解釋道：傅莉這樣的腦傷，接近六十歲年紀，可能出現各種腦病，她卻一點都沒這些症狀；甚至，她開始朝正常恢復了。

於是我有點聽得懂了。並不是說傅莉可以完全恢復成一個正常人（那是神話），而是她沒有再壞下去。她那受了重創的大腦，照理比正常人罹患腦病的機率大得多，但她卻沒有。這就是奇蹟。

每年春天，約四月初，我們屋前朝北的草坪上，那株櫻花怒放了。看似雪片一樣的細碎花瓣，落在地上才顯出是粉色的，淡紫的粉色，嬌嫩得快要融掉了似的。這株櫻花種在一個丁字路口，枝幹矮墩粗大，花開時節很招鄰居豔羡。當初我並沒有如其他購屋者親自跑來選樹種、選位置，只是打電話請建築商栽一株櫻花在門前。未料他們竟栽了一個美人在這裡。

但只一個星期左右，美人的花容漸漸凋零。落英繽紛，宛如一場春雪。

這美人彷彿也是失憶者，沉睡一年突然醒來，繽紛了一週又復沉睡；年復一年，年復一年……。

他們竟在這裡栽了一個美人。

〔附錄〕

穿越生命之詩

——季季、蘇曉康對談「從肉體深處探索生命密碼的詭異旅程」

季：今年（二〇一二年）元月你第四次來台，距離上次訪台（一九九一年）已有二十年。你胖了些，氣色紅潤，說到傅莉已能自理生活，蘇單也已做了醫生，語氣沉穩之中不時流露笑容，老友們聽了也都感到非常欣慰。

這次你在台灣前後八天，我們見了三次。前兩次都有其他友人相伴，第三次是你離台前一天，除了陪你參觀殷海光故居，其餘時間不論走路吃飯喝咖啡，我們都在談你的寫作之事。你這次訪台的名義是觀選，我則認爲鼓勵你再發表作品是最重要的事。一九九七年十月，我主編了你的《離魂歷劫自序》出版，其後顏擇雅也推薦給藍燈書屋旗下專出文學書的克諾普（Knopf）出了英文版，但那之後你幾乎停止了創作，未曾再發表作品。我曾多次打電話鼓勵你再寫，你都淡然的說不寫了；二〇〇四年我還很嚴厲的對你說：「我比你大六歲，我都還在寫，你怎麼可以不寫了？」但你仍無動於衷。——今年二月看到你傳來《寂寞的德拉瓦灣》第一章〈世紀初〉，才知道你那時沉陷於憂鬱症。而《寂寞的德拉瓦灣》與《離魂歷劫自序》增訂再版，就是我們在你離台前一天談出來的。你返美不久就寫了〈二十年又見台北〉發表，一個多月後又傳來〈世紀初〉、〈孤舟〉兩章合計兩萬五千多字，看得出閉鎖十多年的心境已開，情不自己的寫得很激動。閱讀你這些新作時，我也是很激動的。

這也使我想到，你以前在大陸出版的《洪荒啓示錄》、《陰陽大裂變》、《神聖憂思錄》、《烏托邦祭》、《河殤》等等，自你出逃之後已被中共全面封殺，新作品也無法出版。而在台灣，從一九八八年的《河殤》到一九九七年的《離魂歷劫自序》，你的讀者不計其數；可惜的是這十多年你沒有發表新作。你自己是否覺得，這次訪台彷彿是你寫作生命的重生？對一個寫作者來說，這種重生的意義，不止是心靈修補的完成，更是一種無比崇高的理想實踐，你開始寫《寂寞的德拉瓦灣》時，除了激動想必還有無比的快樂；要不要先談談這次訪台的感想？

蘇：我寫作的昏厥和復甦，跟我的「精神癱瘓」（也就是所謂憂鬱症），正是我所經歷的一個「流亡」故事，它跟台灣有不可分割的關係，甚至可以說，是台灣的讀者和出版界，給了我第二次創作生命，就像美國的醫學救活了幾乎成爲植物人的傅莉。可以說，這也是《離魂歷劫自序》這本書的一個傳奇。不瞞你說，從九七年至今，我不斷閱讀自己這本書，每次還會讀得眼眶潮濕，傅莉就更是讀一次彷彿又醒了一次。我們就像任何一個普通讀者一樣，去讀我們自己的書。我每次讀完它，都覺得我再也寫不出這樣的書了。我失去寫的能力，又失而復得，是一個痛苦、漫長、無法自我把握的過程，有點渾渾噩噩，別人從外面逼我，我只有躲閃，毫無辦法。就像你說的，寫完《離魂歷劫自序》，雖然很有成就感，但是靈感還是枯竭了，十年沉默。所以我很懷疑寫作有心理治療作用的說法。

實際上《離魂》一寫完，我好像就虛脫了，心裡不願再回到那種悲苦的境地裡去。所以我曾嘗試別的題材，這十年裡構思過三部長篇小說、兩部自傳體紀實文學，但這些構思斷斷續續，思路紛亂，有點心猿意馬，無法進入書寫過程。直到○八年底，我恍恍惚惚地給《開放》雜誌寫了篇〈我們的七仙女〉，是大陸著名黃梅戲女演員嚴鳳英在文革中慘死的眞實故事，二十多年前在安徽省安慶市（黃梅戲的故鄉）做的採訪，但當時不能寫，出國後沒勇氣寫，一直壓在心底。這樣一開頭，我就收不住了，寫了幾個月後，才找回書寫的感覺：構思、覓句之間的興奮焦慮，忽然得著的刺激，成篇後的舒暢，我怎麼會丟失了那麼久？在這副心情下，我順手擬了一本書的提綱，《寂寞的德拉瓦灣》，大綱六章：〈世紀初〉、〈孤舟〉、〈天地閉〉、〈谷底靜悄悄〉、〈偷蘋果的少女〉、〈蘇爾維琪之歌〉及尾聲〈失憶者〉；在我的構想裡，這是《離魂歷劫自序》的續集。

就這樣，我從寫文化評論開始，慢慢恢復。但是面對自己的故事，內心的很多激情，還需要「點燃」它。因爲《離魂》是在台灣發表、出版的，彷彿只有回到那裡去，重遇讀者，才能再次激活我。這次到台灣來，受到你和其他友人的鼓勵，對我來說就是完成了這個「點燃」的儀式；雖然不過七、八天時間，我找到了我在美國感覺不到的東西，內心獲得了一種觸發。

季：你有寫日記的習慣，八九年底你第一次來台是和十幾個民運人士來開會，每天鬧哄哄的，一九九〇年你第二次訪台，我特別請《人間》副刊編輯李疾陪你環島一趟（好像還去了綠島），讓你對台灣的風土民情多一些了解。一九九一年華視邀你來拍紀錄片，六四議題仍熱火朝天，每次你都像英雄一樣四處被簇擁著侃大山，那時傅莉和蘇單還沒出來，許多朋友知道你心情苦悶愛喝幾杯，那些日子你好像每晚都喝得醺醺然。這三次訪台，也是台灣民主化進程很重要的階段，你也接觸了不少台灣的學運世代，對他們和天安門世代的觀察與比較，和本地人一定是很不一樣的。如果能把這三次訪台的日記整理出來發表，在你的寫作生涯裡，想必是很特殊的記錄；你有這個構想嗎？

蘇：流亡初期，我的寫作能力是昏厥的，一開始連字都寫不了，也寫不出文章來。八九年底我應《聯合報》邀請第一次訪台，聯合報要我每天寫一篇〈台灣印象〉，我是天天作難。所以很遺憾，那段時間也沒有記日記。

我寫日記是車禍後的事情，在國內很少寫日記，只記一些備忘錄，但我採訪的時候做筆記，這些筆記對我是一筆財富。前面提到的那篇〈我們的七仙女〉，就是根據一九八八年初在安慶採訪嚴鳳英丈夫的筆記整理完成的。八〇年代我有幾十本採訪筆記，逃亡時都留在家裡了，到了海外非常思念這些筆記，當時覺得不可能失而復得了。誰知道，傅莉在「六四」發生後，把我的所有筆記、文稿、剪報，都從家裡轉移出去，託人保管。車禍之後她也忘了這事，受她委託保管的朋友後來卻全數完璧歸趙於我，讓我餘生還可以據此寫幾本書。傅莉眞眞是我的貴人呀！

季：回頭來說你上次訪台，一九九一年，那是你憂喜備嘗的一年：三月，傅莉還陪著蘇單在北京度過十歲生日；五月二十日，你在舊金山旅途得知六十七歲的母親在北京猝逝；八月三十日，傅莉帶蘇單抵美與你團聚；而七月十四至八月二十日，華視邀你來台製作《海峽》紀錄片三集，借住在林海音先生延吉街的新公寓。林先生經營「純文學」出版社有成後，搬家到忠孝東路四段的大廈，爲了招待暑期回台的海外作者文友，特別在她家對面買了個小套房，內部以紫色系裝潢，取名「紫屋」。後來又在她家附近的延吉街買了一幢三十多坪新公寓，取名「吉屋」，可以招待更多文友。「吉屋」離華視近，雖然你不是「純文學」的作者，我向林先生提出借住的請求，她仍很豪爽的答應了。你到台北第二天晚上，我到「吉屋」接你，步行到附近的林先生家拜訪致謝，你穿著T恤短褲涼鞋，一派溜街走巷輕鬆散步的樣子。當時你重拾了電視紀錄片工作，且已得知傅莉母子將赴美與你團聚，神情顯得格外愉快閒適。我那時想，住了「吉屋」，帶著「吉氣」返美，接了傅莉母子後，你的海外流亡生活可以安定下來了；未料一年多之後傳來你們一家三口車禍的消息！

蘇：其實我二十年前來台灣的那三次，心理上還在逃亡後的憂鬱症籠罩之下。你提到給華視做的那個《海峽》，很不成功，不只是我不懂台灣歷史，也是內心缺乏激情和靈感。但這是我直到今天才意識到的，因此我在《寂寞的德拉瓦灣》第一章裡寫了兩次憂鬱症的發生，第一次是「六四」百天逃亡後，我在巴黎一直恍恍惚惚，去了普林斯頓不久，傅莉帶著兒子出來陪我流亡，我才好起來，但只有短短的一年多，車禍後我又陷入第二次憂鬱症。

季：你的生命歷程，在我看來有幾個傳奇。第一是你的出生。你的父親是中共地下黨員，曾經來台灣教中學，後來時勢緊張，一九四八年十一月倉卒離台，你在媽媽的肚子裡回到大陸，次年八月二十五日在杭州出生。二〇〇四年十月，我在《中國時報》「三少四壯」專欄發表〈建國同齡人，台灣製造〉，就是寫你特殊的出生背景和當年共產黨滲透台灣的情況，很多朋友看了都大為吃驚。

第二是《河殤》效應，天安門學運，一九八九年八月三十一日逃抵香港，這個線性連鎖的資訊比較多，這裡不另贅述。第三是一九九一年八月三十日，你們一家在美團聚，實現了流亡者最期待的圓滿夢想。第四是一九九三年七月十九日的車禍，這個傳奇最慘烈，充滿了懸疑，也最扣人心弦。而這些事件都環繞著你的生日，在八月前後發生；看起來像是你的生日禮物，但最後一個卻像上天要藉傅莉的殘障喻示你：一個男人最重的負軛，最激烈的挑戰，不是國家民族，而是近在你身邊那個傷殘的妻子。我希望還有第五個傳奇：傅莉早日康復。

你的這些傳奇，以傅莉作結，《離魂歷劫自序》主要的也是寫她，但是對於給你第一個傳奇的父母，直到《寂寞的德拉瓦灣》第三章〈天地閉〉，才約略描繪了他們的生命輪廓，道出你父親開始跟你通信，是在你母親猝逝之後，其中一信提到你八九年出逃後，你母親每天躲在房間哭，足足哭了一年，不久就去世了。你出逃兩年多之間，父親和母親是否都沒敢給你寫信？

蘇：八九年八月底我逃到香港後，很快去了巴黎。那時候就可以跟家裡聯繫了，但是我打電話過去，我爸爸不便接，我媽媽卻一接電話就哭，說不成話。媽媽也曾經給我寫過兩次信，有一次她寫道：

「聽說你很想我，我不信。但我確是很想你。兒是娘身上的肉。」

九一年春末媽媽猝死，我非常地負疚。雖然我媽媽因我外祖父五〇年被中共槍斃，一輩子嚴重憂鬱症，但是「六四」後我的逃亡，給了她最後的致命一擊。這個痛苦一直壓迫著我，使我很長時間都感到不先面對母親的悼亡文字，就無法處理其他的文字。這也是我沉默十多年的原因之一。

後來我開始比較頻繁地跟父親通信，聽他細說從頭，給我講我媽媽的種種悲苦。這好像也是我重讀母子關係的一個過程，對我的生命而言，意義重大，也應該就是你說的「心靈修補」。但是這樣一來，要想寫出我媽媽，就變得更加不容易了。於是我比較慎重起來，覺得即使要寫，也不能玷汙了我媽媽受的那分苦。〈天地閉〉裡，寫我幼年受媽媽的養育，我重訪杭州故居的那些文字，都是早就寫好了的。

季：〈天地閉〉引述了許多你父親的信，看得出他的性格異常冷靜沉穩，古文根基好，也嫻熟俄國文學，這和他一生的文書工作與政黨信仰當然有密切的關係。你從小在閱讀及文學養成方面，是否受到父親的指點或影響？

蘇：其實從小我爸爸並沒有特別指點我閱讀和寫作。要說有的話，我讀初中時，在暑假裡他曾逼我每天讀一篇古文，讀完還要轉譯成白話文，然後他給我批改。當時爸爸給了我一本線裝本的《昭明文選》，這本書我一直帶在身邊很多年。

我從小閱讀多而雜，是因爲我家裡書很多，小說只是其中一個門類。我最喜歡讀的不是小說，而是歷史。我爸爸一輩子嗜書，晚年唯一的嗜好是逛舊書攤，拾遺補闕。當然四九年以後像我們家這樣的，不可能有什麼藏書了，但是我爸爸買了所有他能買到的文學作品，還常年訂閱一本《世界文學》月刊。我在初中就已經讀完世界名著，中國古典名著也讀完了，《紅樓夢》讀得迷迷糊糊，《金瓶梅》則是偷著讀。老實講，除了古典與西洋，沒有文學，五四文學太不夠，巴金讀不下去。記得那時我讀了杜思妥也夫斯基的《白癡》很著迷，爸爸就說，你該讀這一套，從書櫃拿出四大本《卡拉瑪佐夫兄弟們》給我，但我讀得很枯燥，反而讀《靜靜的頓河》寢食難安，在一個暑假裡一口氣讀完三大卷，連門都不出。那時我也著迷左拉那一套二十卷本的《盧貢·馬加爾家族史》，很遺憾當時只出版了《小酒店》、《萌芽》、《娜娜》等幾卷，許多卷還沒翻譯過來。

讀閒書花了太多時間，小學五年級就近視眼了，中學也沒讀好。記得還有一種灰皮書，是內部讀物，像赫魯雪夫的蘇共二十大報告（清算史達林）、王明回憶錄、第三國際派駐延安代表的回憶錄等等，我在文革前就讀過，所以早就懷疑這個制度了。

還有一個周遭環境的問題。我們家從杭州遷到北京後，住在中宣部宿舍，那裡是原北京大學的舊址，文化人集中，連小孩子也相對更接近文化、書籍。比如，我讀中學時，跟鄰居幾個玩伴愛「聊天」，也互相炫耀誰家有更稀罕的書，不知不覺地，我們都喜歡起宋詞（不知道爲什麼不是唐詩），相約都拿家裡那本俞陛雲的《唐五代兩宋詞選釋》，定期輪流「講解」。大家起初都只讀得懂賀鑄，然後是柳永，再後來是稼軒、東坡。我自己則最終喜歡李煜。這本書對我不可或缺，到了巴黎我買了一本，丟了；轉到美國又買了一本。

季：你在〈世紀初〉裡還提到一個皖南才子吳稼祥，在哈佛大學任訪問學者時，曾特別去普林斯頓你家探訪，你對他的背景有這樣一段敘述：

「他小個子、風趣睿智，安徽銅陵一個漁民的兒子，以全省高考第一名進北大經濟系。

臨畢業前因《人民日報》發表他的一篇文章備受好評，馬上被李洪林要去中宣部理論局；後來又被胡耀邦要到書記處辦公室當筆桿子，專門跟鄧力群對著幹。八九天安門期間，他正在中央辦公廳溫家寶麾下，這個前途無量的才子，偏偏生性剛烈，爲抗議屠殺而退黨，旋即因呼籲『打倒鄧楊反黨集團』，遭逮捕關進秦城兩年，一度精神分裂、自殺，歷盡艱難。他能活下來已是奇蹟。

他這次來，卻是一心想教我們太極功，稱『九宮太極架』，說這功治好了他的精神分裂，對大腦損傷很有療效……。」

我對這段敘述有個疑點：鄧力群（一九一五—）任中央書記處研究室主任時，你父親蘇沛（一九二三—二〇〇三）是其中一個主要筆桿子；你提到吳稼祥「到書記處辦公室當筆桿子，專門跟鄧力群對著幹。」——吳稼祥到你家拜訪時多大年紀？他既然提到「專門跟鄧力群對著幹」，有否提到也認識你父親？或甚至也曾與你父親「對著幹」？

蘇：吳稼祥比我年紀還小。他是文革結束恢復高考後的大學生，所以二〇〇一年他來普林斯頓看我的時候，應該還不到五十歲。

鄧力群主持的中央書記處研究室，不是書記處辦公室，這是兩個部門，雖然都在中南海裡面。我不知道吳稼祥認不認識我父親，他沒提過。但是在中央書記處裡面，鄧力群就是跟胡耀邦對著幹的，我父親在鄧力群手下做事，當然也是如此。

我父親文革前是《紅旗》雜誌的編輯，也是評論組組長，參與過許多所謂「兩報一刊」（《人民日報》、《解放軍報》、《紅旗》）社論的起草；王若水也常代表《人民日報》參加。《紅旗》的總編輯是陳伯達，有好幾個副總編輯，鄧力群也是其中一個，但我父親那時跟他不熟。他們倆是文革中都成了「反革命」以後，一度關在一起，下幹校後也住在一起，成了「患難之交」。我父親曾經很佩服鄧力群在文革中的「堅韌」，我父親最絕望的時候，也是聽鄧力群的勸告最多。後來鄧力群是鄧小平開始搞「改革」的最主要助手；「農村聯產承包責任制」，就是他最早的得意之作。但是，鄧小平後來選了胡耀邦做總書記，沒有選他，他憤而投靠陳雲，去搞左的一套，我父親是看不慣的，曾經諷刺他：「你都快成電視明星囉。」後來跟他漸行漸遠。

季：你在〈天地閉〉還提到父親在九〇年代初期奉命籌建一個「黨的建設研究室」，而他最後是在「中共黨建研究室」退休；這個機構是否就是他籌建的那個？他曾否對你提過他在黨中央工作期間的心境或困境？

蘇：陳雲點名鄧力群去做中宣部長，那時我父親還在書記處研究室，他不願意去中宣部，後來到中紀委做過一段文字工作。「六四」前趙紫陽把「書記處研究室」這個機構撤銷了，我父親則已到中組部給宋平工作。我到海外以後，就不很清楚家裡的情況了。但是八九以後鄧小平指示江澤民大開國門，引外資力促「經濟起飛」，從此貪腐橫行，宋平大概因此擔憂「黨風」不可收拾，所以搞了這個「黨建研究室」。二〇〇三年春我回國奔喪，從他們給我父親寫的「生平」中知道，我父親是這個機構的創建人。我父親的治喪事宜，也是這個機構辦理的。大概也是這個緣故，我父親暮年很清貧。

我父親基本上不跟我談他的想法。我們父子之間幾乎沒有溝通，所以他到晚年不斷給我寫信回憶家世、回憶我母親，是很罕見的。八〇年代在我創作高峰期，我父親非常欣慰有我這麼個兒子，但是也很擔心我，總怕我捲進政治漩渦裡。比如《河殤》，居然連他都認爲是趙紫陽授意我搞的，他也不贊成裡面的某些觀點，但是我媽媽私底下一直誇獎我寫得好。

我父親是一個黨的秀才，一輩子寫中央文件、社論，總之是「替他人做嫁衣裳」，眞是可惜了他一手的好文字，一肚子的學問。我知道他晚年非常苦悶。他還跟我說，很想得到一部《多桑蒙古史》，四處托人購買而不得。晚年他就沉浸在蒙古史、元史的興趣中打發日子。

季：在你的人格養成上，你受父親或母親（或師長）的影響較大？

蘇：我父母都是正直的人，從來不害人、整人，只是被人害、被人整。我媽媽一輩子遭人白眼，其實就是一個「政治賤民」，但是她絕不低頭，對一切都敏感到了神經質的程度，暴躁的脾氣也只能在家裡發洩。這種經驗，對我們姊弟三人都是刻骨銘心的，人格養成上我想也是優劣參半的。我父親則境遇比較順，城府比較深，脾氣也較好，但文革一劫，差點自殺。不過他們對子女從不說教。

很奇怪的是，在這樣的成長環境裡，我卻從小沒學會掩飾、虛僞、防範，看人看世界從來沒有「戴黑色眼鏡」，我一路走來，對任何人都坦誠內心，卻也沒吃過太大的虧。但是我知道我在人事上很幼稚，學不會複雜起來做人，即便是吃了車禍這個大虧、傷了我的傅莉，我還是學不會防範人。

我父親晚年跟我探討培育兒子，寫過一段話，專門談「吃虧」：

「你信上說的太善良會吃虧，的確如此。但即使如此，我們也選擇善良，我們絕不去做損人的事。因爲只有這樣我們的良心才會平穩，才能問心無愧。而問心無愧本身就是很大的幸福。」

季：你以前的作品以報告文學居多，與你二十六歲開始從事記者工作是否有關？你是否認為報告文學較能「說眞話」，也能更直接的揭露社會問題？相對的，你是否認為小說對社會的具體影響比較小？在報告文學的寫作上，你曾受到哪些作家的啓發？

蘇：是的。簡言之，是當新聞記者不過癮，想寫更大更豐富的題材，就自然而然的走向報告文學。舉個例子。中央人民廣播電台有個《祖國各地》節目，其實就是旅遊節目，一九八二年我去為它采寫一篇洛陽龍門石窟的遊記，在那裡結識了一位講解員，是中央美院美術史系畢業的，專門研究石窟藝術的專家，他跟我談了幾天幾夜的唐朝鑿窟造像史、武則天、佛教，聽得我如醉如狂，給電台寫了一篇遊記，還是欲罷不能，於是就自己經營了一篇報告文學〈東方佛雕〉，寫得詩化一般的文字，被《人民文學》雜誌採用，並且第二年就獲全國優秀報告文學獎。那是我第一篇報告文學，一炮打響。（至今有人說那是我寫得最好的作品，而且很可惜我：說蘇曉康如果沿著那個路子走下去，就是另一個余秋雨。）但是我第二篇就轉向了，去寫黃河治理，也由此引出後來的《河殤》。八六年的《洪荒啓示錄》是寫河南「駐馬店」地區的水災，不是採訪「順手牽羊」，而是刻意去做這個題目，因爲那裡就是大躍進後餓死人最嚴重的地方。我早就知道「大饑荒」、人相食，對我而言這是極富挑戰性的題目。（所以我不是余秋雨。）

報告文學在大陸的角色定位，是一個很偶然、奇怪的邏輯：中共嚴控新聞媒體，絕對「黨管」，但是放手「文藝」，不再「黨管文學」，這樣一來，新聞上禁忌的題目，只需改寫成「文學」題材，就可發表而免於被追究。這個「轉型」的啓蒙者，就是劉賓雁，他絕對是開風氣之先的。王蒙貶低他，宣揚什麼「純文學」，其實是一種「政治話語」，暗示他自己躲在「文藝」裡很機靈，而劉賓雁則太傻。這裡衍生的問題是，報告文學承擔起「揭露」功能，小說、詩歌、戲劇，就可以「推卸」這種功能，故意「非政治化」了。所以中國大陸的小說失去深度。小說沒有人性的深度，也就「小說死了」。至於報告文學的承傳，因爲歷史太短，沒有積累，大家都是自己做「實驗」，談不上誰學誰。「六四」屠殺甚至也滅掉了這個文學種類，是世界文學史上的一個「海內奇談」。

季：你在北京廣播學院新聞系任教期間，開始製作電視紀錄片，是否已經發現電視的傳播功能比報告文學更快而且影響更廣？

蘇：就拿《河殤》來說好了。從事後看，連中共這種老牌的宣傳行家，都沒有意識到電視傳媒的可怕效應。爲什麼呢？第一、高層（中央政治局）因爲一部電視片而引發政爭：王震發難（據說背後是李先念）、趙紫陽故意褒揚（他本人其實不喜歡這部片子），最後導致當局下令通緝追捕所有撰稿人，這恐怕在全世界電視史上空前絕後；第二、中央電視台先後兩次播出，接著全國各省市電視台再播一次，觀眾人次上億；同時所有中央級報紙都全文轉載解說詞，這不能說空前，大概也只有文革的「樣板戲」有過此待遇；第三、在高層爲《河殤》激烈博奕的當口，中央電視台仍低調的提供充足資金讓我做續集《五四》，一點都不猶豫這「風險投資」；第四、那也是台灣發生過的，即它引起一場文化大討論；第五、這個電視樣式，未因「六四」屠殺而匿跡，鄧力群居然讓人模仿《河殤》，做了一部《世紀行》批《河殤》，再後來那一部《大國崛起》可說依循著《河殤》模式發展；中共忌諱《河殤》的內容，卻滿欣賞它的樣式。所有這些，都是我們始料未及的。乃至我已經流亡二十多年，禍端也是這部電視片。

季：這次我們從殷海光故居出來後在台大附近喝咖啡，你說還想寫一本七〇、八〇年代北京文化圈及思想變遷的書，書名暫定爲《屠龍年代》……。後來我想起一九九九年八月，

《離魂歷劫自序》出版近兩年你沒有新作，我打電話問你寫作之事，旁敲側擊閒聊了一陣，你突然說，未來想寫個長篇小說，類似《儒林外史》的形式，寫文革初期一些北京文人的故事，「已經寫了十萬字」，然而暫停了。這一停已十多年，《屠龍年代》是不是就是那十萬字的翻身？

蘇：不，那是另一本書。九九年跟你閒聊的時候，我正在構思的是以中共的所謂「秀才」圈子爲內容的，那裡面出了不少「人物」：反面巨頭如陳伯達、鄧力群等；「小爬蟲」如戚本禹、關鋒等；當然也有「正面」的人物（如鄧拓）、灰色的（如胡繩）等等。我知道許多他們的故事，但沒辦法寫成紀實性文字，只能虛構成演義，我是有意模仿《儒林外史》的味道。我特別喜歡《儒林外史》，覺得它的文字勝過其他古典名著。這本書叫《鴉蟬》，現在還沒完成。

當時我寫著寫著，心裡又出現新的構想。比如《屠龍年代》，是我的一部自傳，但只涵蓋八〇年代我涉入的「文化熱」部分，還不包括我的報告文學創作所涉及的所謂「社會問題」；如寫離婚高潮的《陰陽大裂變》，也是一本富有傳奇的作品，給我帶來的知名度不亞於《河殤》。很多人喜歡它，更多人討厭它。

季：你尚未出逃前，大陸文化界有此一說：

「蘇曉康的父親背叛了資本家祖父，而蘇曉康背叛了老革命父親。」

前面你提到這十年裡構思過三部長篇小說、兩部自傳體紀實文學，你在〈天地閉〉裡也說：

「爸爸同他的父親以及成都忠烈祠街蘇家那個大家族的關係，可以另寫一本書……。」

這「另寫一本書」，是否涵蓋在上述的構想裡？

蘇：那倒不是。成都蘇家是一個大家族，我父親是老大，有弟弟妹妹十三個，但是他不願意跟我談他的老家，也不贊成我去懷那個舊。我還能寫什麼？

季：成都蘇家的故事，好像有點像巴金（一九〇四—二〇〇四）所寫的成都李家的《家》？如果把成都蘇家的故事寫出來，也許是性質相近的《家》。但對於你們父子兩代背叛的說法，你是否覺得兩代的內心深處，都隱藏著意識形態差異產生的扭曲，而這扭曲和親情之間存在著無解的矛盾，也許就是這無解的矛盾使你父親對成都蘇家採取那樣漠然的態度？

蘇：我父親很喜歡《家》這本書。我怎麼知道的？二〇〇〇年我兒子第一次回北京看爺爺，爺爺送給他的禮物，居然是一本他自己的藏書《家》。孫子哪裡還懂得爺爺的心思呢！

「父子兩代背叛」的說法，只能算坊間的一種好奇。其實事情也許沒有那麼簡單。我父親深受「五四」反封建思潮的影響，在他的記憶裡，成都老家「沒有進入文明」，是壓抑的、苦澀的；他的這種情結，很符合你說的「意識形態和親情之間無解的矛盾」。但是他缺乏對所謂「新社會」的反省，因爲我媽媽一輩子的悲苦，就發生在他身邊，難道那不比「舊社會」更悲慘嗎？

至於我跟我父親，完全談不上「意識形態與親情」的悖論，我父親非常痛心我的遭遇，不只是遭通緝亡命天涯，也包括車禍這個不能抗拒的無妄之災。一九九七年《離魂歷劫自序》出版後，我曾寄給他，他看完當時沒有說什麼。後來我告訴他要出英譯本了，他來信才說：

「我從心底裡感到高興。此書的特點在於以情動人。加工時，注意增加感情波瀾起伏之處。」

他何嘗讀不懂我的文字？他讀出了我的悲傷，令他也很悲傷，他一度擔心我「滅頂」，被毀掉。這同時也剝奪了他的天倫之樂，從他晚年對孫子的朝思暮想，就可以看出來。但是，我父親他們那一代人，比我們堅強。他在跟我談我媽媽的時候，曾這樣說：

「你信中末頁有句話：『黑燈瞎火也好，萬丈深淵也好，我惟有孤零零走下去』，這句話有些淒涼。當然也是你的處境的反映。遇到不幸要沉穩，不要下墜。不幸也有好的一面，不幸使人冷靜、清醒，使人客觀地認識自己和周圍環境，使人從自私中、物欲中、幻想中解脱出來，使人腳踏實地。所以，蕭伯納説：『淚水使人純潔』。也可以説，淚水提高人的道德水準，淚水爲人創造出一個人生的新的起點。淚水應該使人更加奮發！蘇單應該可以逐步自己照顧自己了。你應該把注意力轉向自身，好好規劃一下自己今後的生活道路。你起碼還有十五年的有效時間，不能輕易浪費！」

關於中國前途的看法，我父親並非鄧力群那一派好像回到文革也在所不惜的極左觀點；但是他反對鄧小平「一部分人先富起來」的偏激，反對貪腐橫行。他晚年幻滅，找不到歸宿，自比傳教士或僧人，可見一斑。

當然，我父親所處的那個社會位置，有其獨特的政治、文化意味，也是折射「極權社會」的一個特殊角落，這反而是我感興趣的。

李：四月上旬以來，陸續傳來六四流亡者精神領袖方勵之（一九三六—二〇一二）在亞歷桑那州土桑市去世，以及中共總理溫家寶考慮平反「六四」的消息。「六四」這個月就進入二十四年，方勵之和你們一批異議人士，當年都是中共執政後最受世人矚目的流亡者，你和傅莉的車禍最特殊也最慘烈，其他很多流亡菁英的海外際遇也都艱辛備嘗；像你的報告文學前輩劉賓雁（一九二五—二〇〇五），癌症末期想落葉歸根，中共仍不予批准，落得客死異邦。方勵之雖有穩定的教職，晚年卻遭喪子之痛（也是車禍！）又罹患怪病「亞利桑那地谷熱」，終致遽然倒地不起，也是客死異邦！這次你在台北還見到中研院唯一的大陸院士張廣達（一九三一—），他是中國和中亞關係史的一流學者，六四時任北大歷史系教授，年近六十仍毅然遠走海外……。他們都讓我想起著名經濟學家千家駒當年逃到海外後所寫的名句：

「……為留名節存正氣，不惜暮年再流亡。……」

你認為中共真的會平反六四嗎？在你構思的寫作計畫裡，有沒有包括「六四」這個幾乎讓你亡命的題材？

蘇：據我所知，江澤民的「大管家」曾慶紅，曾有過解決「六四」的意願，也做了一些方案，但最終沒有推出。不知何故。俗話說「過了這村沒這店」。中共只剩下窮於應付「安定」的能力，想吃「六四」這粒合法性補救丸也不易。所以我根本不做此想。

今春以來，北京政壇熱鬧非凡，全世界都像看電視劇似的，看他們演出《薄王反目記》，或者《溫、周鬥法篇》。但是看熱鬧之間，大家似乎都忘了，中國如今是一個

「權貴當道」的惡資本主義社會，它早已不是意識形態問題，而是利益問題了。要從這個視角，才看得明白這部電視劇。薄熙來「倒退文革」，可能不過是謀取大位的權宜之計，而民間弱勢民眾，眞的是除了懷念「文革」和「毛主席」別無他想的。拿「謀殺洋人」之罪廢黜「西南王」，獲勝的恰恰是最有勢力和財富的中南海「九個老男人」（中央政治局常委）——他們代表和維護的，就是「六四」屠殺的強硬派。

我的寫作計畫當然有「六四」，它有那麼多的謎團，留給人那麼多想像的空間，很多人物的戲劇性幾乎自然天成，是極好的寫作題材。不過具體寫什麼，我要先保密。至於中國大陸，已經跟我不相干，我寫〈天地閉〉就是想說這一層意思！

——二〇一二年六月《印刻文學生活誌》蘇曉康專輯

INK PUBLISHING
蘇曉康作品集 02

寂寞的德拉瓦灣

作　　者　蘇曉康
圖片提供　蘇曉康
總 編 輯　初安民
主　　編　季　季
責任編輯　尹蓓芳
美術編輯　林麗華
校　　對　季　季　尹蓓芳

發 行 人　張書銘
出　　版　INK印刻文學生活雜誌出版有限公司
新北市中和區中正路800號13樓之3
電話：02-22281626
傳眞：02-22281598
e-mail：ink.book@msa.hinet.net

網　　址　舒讀網http：//www.sudu.cc
法律顧問　漢廷法律事務所師
劉大正律師
總 代 理　成陽出版股份有限公司
電話：03-3589000（代表號）
傳眞：03-3556521
郵政劃撥　19000691 成陽出版股份有限公司
印　　刷　海王印刷事業股份有限公司

港澳總經銷　泛華發行代理有限公司
地　　址　香港筲箕灣東旺道3號星島新聞集團大廈3樓
電　　話　(852) 2798 2220
傳　　眞　(852) 2796 5471
網　　址　www.gccd.com.hk

出版日期　2013年1月　初版
ISBN　978-986-5933-55-5

定　價　330元

國家圖書館出版品預行編目資料

寂寞的德拉瓦灣 / 蘇曉康著；
--初版，--新北市：INK印刻文學，
2013.01　面；　公分（蘇曉康作品集 02）
ISBN　978-986-5933-55-5（平裝）
874.6　　101025834